鄭愁予　經典詩歌賞析

傳奇

徐望雲　著

（代序）

世紀的風華，永遠的傳奇

徐望雲

一九九一年，我到海風出版社任職總編輯，除了一般的文學書籍之外，平時還要負責整理編輯一套大部頭的「中國新文學大師名作賞析」系列。

世紀的風華

說是一「套」，其實不是很準確。這一系列，是一九八〇年代，由廣西教育出版社主導文學系列「中國現代作家作品欣賞叢書」的「台灣版（正體字）」。我進海風出版社之前，出版社已跟廣西教育出版社完成簽約合作，合作方式就是台灣這邊選擇適合台灣讀者的新文學作家，增加了圖片資料，將橫排的簡體字版，重新編印成直行的台灣版本。

印象中廣西教育出版社這一系列書最終出了近七十本，而台灣這邊從一九八九年的第一本《魯迅》和第二本《巴金》開始，一路出下來，到我接任總編輯時，已出了二十多本，但在廣西那邊，則已規劃到六十多本了。

這一系列書中，廣西教育出版社其實也選了不少在台灣發光發熱的作家，例如《白先勇》、《黃春明》、《賴和、吳濁流、楊逵、鍾理和》（四人合為一本）。

在海風出版社期間，我因工作需要，與廣西教育出版社不斷以郵件往返溝通，了解到他們在詩的部分已選定了三個人：余光中、洛夫和瘂弦，準備像《賴和、吳濁流、楊逵、鍾理和》這本一樣，將三人合為一本，作為這一系列叢書的最後一本，由廣西師範大學中文系的教授盧斯飛撰寫。

在與他們溝通的過程中，我提議增加「鄭愁予」。實話說，這提議的確懷有我的私心，因為我嗜讀鄭愁予，甚至能背誦他幾首膾炙人口的作品。當然，鄭愁予的影響，也無庸贅言。

但當時，鄭愁予的作品在大陸或許還不被熟悉，廣西那邊遲疑了很久，待我寄上鄭愁予的作品後，他們內部開了次會，最後同意補進「鄭愁予」，並將原定「余光中、洛夫、瘂弦」拆開來，將「余光中、洛夫」合為一本，瘂弦部分抽出來，與鄭愁予合為一本。

不過，在同意補入「鄭愁予」同時，廣西教育出版社開出了一個「條件」，就是《余光中、洛夫》由盧斯飛續完（當時盧斯飛已開始寫余光中部分），但因為他對鄭愁予的詩仍不熟悉，故《瘂弦、鄭愁予》必須由我負責完成，而我也沒得選擇，就接下了這活兒。

廣西教育出版社希望《瘂弦、鄭愁予》這本，能接續在《余光中、洛夫》之後出版，但不要隔太久；礙於時間緊迫，要我同時寫兩個詩人的量，實在吃力，我便商請白靈幫忙，白靈也很阿沙力，幫我扛下了《瘂弦、鄭愁予詩歌欣賞》的「瘂弦」部分，我只負責寫「鄭愁予」。

於是，《瘂弦、鄭愁予詩歌欣賞》就成了廣西教育出版社「中國現代作家作品欣賞叢書」中壓軸的一本，也是唯一由台灣作家擔綱完成的一本。

因為這是系列中唯一由台灣作家撰寫，故對於台灣版而言，整理起來比系列其他書籍方便許多。我和白靈的稿子寫完後，一份寄往廣西，另一份就留在台灣這邊直接編排，同時，按照規格，我們還要整理相關年表和圖片資料。並準時在一九九三年前將全部稿件完成交出。

然而，事情發展或有不順。《余光中、洛夫詩歌欣賞》這本於一九九三年三月在廣西準時出版，《瘂弦、鄭愁予詩歌欣賞》這本卻遲了五年，至一九九八年六月才出版。而台灣這邊的大樣儘管早在一九九三年就已搞定，奇怪的是，海風出版社卻一直沒有出版，後來我移居到加拿大，更與海風出版社失去聯絡，而《瘂弦、鄭愁予詩歌欣賞》台灣版也一直沒有印刷出版。

永遠的傳奇

瘂弦比我更早移民加拿大，從事新聞工作的我，在一些活動或者採訪工作上，總會有機會與瘂弦碰面一敘，有幾回他問我，這本《瘂弦、鄭愁予詩歌欣賞》的台灣版情況，我如實告之：「沒有下文，我也連絡不到海風出版社了。」

我心裡想的是，我和白靈的稿子都已全部交出，且都已校對完畢，只差付梓。如果出版社基於未便為外人知的考量不予出版，我們也沒辦法。

於是，這本《瘂弦、鄭愁予詩歌欣賞》的台灣版就一直懸著。

直到二〇一八年初，加拿大華裔作家協會舉辦春宴，我去做採訪報道，瘂弦也受邀前往，見了面打了招呼坐下來後，瘂弦又一次問起《瘂弦、鄭愁予詩歌欣賞》台灣版的事，照例，我再一次回答：「不知道。」

答完後便去工作，也沒在意。

然而，就在那次春宴後不久，驚聞曾久居溫哥華並已回流台灣的前輩詩人洛夫過世的消息，我嚇了一跳，腦海中登時跳出這本《瘂弦、鄭愁予詩歌欣賞》，並閃過瘂弦每回問我這本書的台灣版情況時，那迫切的眼神……

於是，我開始較為積極的「動」了起來。先聯絡廣西教育出版社，確認版權問題。聯絡上之後才知道，當初編輯「中國現代作家作品欣賞叢書」的團隊早已星散，當年一直跟我書信往來的編輯邱方，則到了廣東的出版部門；新的主編甚至都不知道曾出過這一套書，最後他們查了版權法後告訴我：「這本書已出版超過十年了，既沒有再印，也就沒有版權問題。」

接下來，就是台灣這邊了。很順利，也很感恩，秀威很快就同意重新編印這本書的正體字版。

二〇一八年七月間我回台灣，與白靈連袂前往秀威討論，為了方便閱讀，決定將這本書拆成兩本，即瘂弦和鄭愁予各一本。同時，由於文字都是二十多年前寫就，有些時效性的字眼，必須做更動，因此，我和白靈各自重新再校對一遍，要校正錯字的校正錯字、要部分改動的就部分做改動。

這本書的內容大體維持當年廣西版《瘂弦、鄭愁予詩歌欣賞》的面貌（除了前段所言，部分文字因時效之類的考量做必要的改動），裡面的賞析文字本就是為這本書而寫，從未單篇單篇在台灣和大陸的報刊上發表過，因此，對台灣的讀者而言，還算是一本「全新」的書。

所幸，詩歌是永恆的，一寫完一發表，便會很強悍的以它本來的姿彩和風格活下來，而隨後跟上來的賞析文字，總能保留住那股熟悉的芳香，不會因時間的消逝而走味。瘂弦、鄭愁予的詩歌如此，這曾經連體，現在分開的兩本「經典詩歌賞析」，也是如此。

二十多年的時光把我們帶到這個時間點，可喜者，因為有更多的讀者誕生，勢必會讓這兩本書產生新的生命，於是瘂弦和鄭愁予的詩就這樣一直年輕著，而我和白靈的賞析篇章也會繼續為新來的讀者服務。

請慢慢享用。

悠悠飛越太平洋的愁予風
——鄭愁予詩風初探

在時間的長河裡，詩人與作家為後世留下無數詩篇，以及無數的文學作品。對廣大的讀者而言，這些詩篇與作品儘管提供了面對生活的另一種方式——閱讀，但對深於思索的文學觀察（多半時間也從事理論著述）者而言，這麼多作品，如果按照時間順序來編列的話，就會形成一部我們稱做「文學史」的東西。

由於歷代的文學發展過程，都有政府（官方）參與甚至主導（如唐代科舉考試會考詩），形成某種「規範」，再由這規範，形成一種「典律」（canon）；而前段提及的文學史，其內含的全部著作品，其意義，又與歷代官方欽定之文學「典律」成為一種相對，又相融的關係，共同融鑄廣義而駁雜的文學史。

如果我們把「典律」拉出宗教系統（在傳統意義上，聖經即是典律，它具有不可侵犯的權威，用來規範基督徒的行為）來看，在每一代的文學界閾裡，都會因政治與文學的「互動」而隱約存在著這種形成典律的力量……。遠的不說，就以我們這一代而言，自民國肇造以後，三民主義成了官方施政的典律（這裡不去評論是否契合孫文原初概念中的三民主義）。

一九四九以後，共產主義（或社會主義）是大陸施政的典律，同時也影響到文學創作，而三民主義，在台灣繼續維持其官方「典律」的地位，也影響到一部分文學創作。

由於官方典律難免教條化（才能讓人有規矩可循），可想而知，這些規矩，畢竟缺乏趣味，在這種情況下，民間文學（相對於官方文學）的純文學與通俗文學創作對大部分讀者而言，就起著一股吸引的力量，這也許可以說明六七〇年代愛情小說（瓊瑤、郭良蕙，甚至岑凱倫……）和武俠小說（古龍、獨孤紅……）鼎盛的原因吧！

對現代詩（坦白說，我一直覺得稱自由詩可能好一點。）的發展而言，這相對於「（官方）典律」的（民間）文學創作，其實隱隱形成一種內在的「典律創造」運動，這種「典律創造」開始時相當「亂」。

由於現代詩的寫法自五四以來，一直未獲得具體的解決，因此，各家各派（詩團體、詩社或詩人本身），都在試圖藉創作，來建立一種規範。紀弦的現代派、創世紀詩人群的超現實（或晦澀）詩風、余光中的新節奏、葡萄園詩社與秋水詩社的明朗……乃至向陽的十行詩，或笠詩社自來堅持的即物寫法……

這些不同的寫作風貌，除了呈現百家爭鳴的文學植物園現象之外，事實上，都難以形成絕對的「經典」；當然，前面雖然提到這是一種「亂」，但它畢竟提供了讀者多重的選擇，也顯示每個詩人都有自己的聲音；若往壞的方面去想，它像是雜亂無章的「眾聲喧嘩」，並有可能造成詩史的崩潰，讓後來的學者無法理清這一代詩「史」的紋路（雖然這不是我們樂見）……

叨絮了那麼多文學典律相關的問題，再來看鄭愁予的詩，或許會有助於我們以較中肯的立場去閱讀他的詩，認知到其真正的價值乃至為其定位。

鄭愁予的詩，無論放在什麼時候，都算不上是「（官方）典律」。即使他寫了像〈革命的衣缽〉那樣正氣磅礡的詩篇，但基本上，他的整體風格是難以與政治劃等號的。就寫作風格的影響上，他恐怕還不如余光中、洛夫乃或瘂弦對年輕一代的影響大；甚至在當初他也是「參與者」的現代派詩人群裡，他也非最重要者！而儘管他的抒情詩令人回味無窮，但在抒情詩的領域裡，他也絕非「典範」，這方面，楊牧都還比他更具「宗師」的氣勢。

但，值得注意的是，鄭愁予的詩具備了一種無形的影響力，隱隱左右著讀者的思維與情緒，可以說它是一種「誘惑力」；而我更願意說，在某種程度上，他在與官方相對的「民間」建立起的「（無形）典律」，更具有詩史的意義，雖然我們極端厭惡了「權威」與「教條」的專一與獨斷。

在鄭愁予的詩作裡，幾乎沒有寫實主義的詩篇（如果將之拉向托爾斯泰、魯迅……的系統來看），唯一較指涉到社會的關懷的，是〈草生原〉一首，但他的唯美表現，卻反而蓋過了他想表現的主題——對躲在黑暗中的性工作者（詩中用「靚女」）的疼惜。所以，整體而言，鄭愁予的成就仍然建立在「抒情風格」這傳統的脈胳裡。

在「抒情」的大號召下，鄭愁予詩還可劃分成兩大類，第一類是以《鄭愁予詩集Ⅰ：一九五一～一九六八》內收的全部詩作為範疇。第二類則當然是較後來的《燕人行》與《雪的可能》。而《刺繡的歌謠》一部由於多是「未發表過的舊作」與「昔日個人的抒情之作」（《刺》書後記），因此其風格實可歸入第一類而論。

這兩類作品的差異，主要在於，第一類作品由於完成較早，呈現出「少年說愁」的風味相當濃厚，許多「經典」作也完成在此時期；但，儘管是「少年說愁」，卻也含括了抒情詩的各種類型，如情詩、山水詩、童話詩、邊塞詩、流浪詩。

而愁予的第二類詩作，則大體呈現了在美國的華裔移民的內心世界，這內心世界其實也反映了移民們對文化認同的徬徨與失落，以及因空間的阻隔而生的對故土故人的緬懷與思念。也許可說這是「移民文學」的一部分，在近代文學史上。華裔的「移民文學」作家有不少，較著名者有早期的林語堂，近期的周腓力與譚恩美（《喜福會》）——等，但鮮少在詩歌上表現，而鄭愁予在這方面的經營，的確不容忽視，雖然他風格的丕變，頗令廣大的讀者更為懷念那「愛流浪」的少年愁予。

這兩類詩作的轉折，其間相隔將近十多年，素材選擇的大幅改變，又導致愁予在語言節奏上採用了幾乎不同的策略，這種差異，難免會令「嗜」讀「我達達的馬蹄」或「每夜，星子們都來我的屋瓦上汲水」的讀者感到不適，甚至不快；但細心的讀者會發現，在我們緬懷「那名字，自在得如流水……」的愁予同時，其實，那種悠長綿延的抒情曲風也在《燕人行》之後的詩作裡找到脈胳，而他們與《鄭愁予詩集Ｉ》不同的是，「抒情對象」的擴大，從自我吟哦（偶爾還有個女主角在裡邊）走向新大陸。

最具體的呈現，當然是「鄉愁」。在《鄭愁予詩集Ｉ》裡，也有「鄉愁」，只不過，這種鄉愁，對年少的鄭愁予而言，不過是協助其表現「浪漫、抒情」曲風的一重要載體，在情感上，顯得很模糊，例如他那膾炙人口的〈邊界酒店〉中的名句：「多想跨出去，一步即成鄉愁／那美麗的鄉愁，伸手可觸及」，既是「鄉愁」，何有「美麗」可言？因為，詩中真正有鄉愁的是「打遠道來，清醒著喝酒」的「他」，不是愁予，所以，在這裡，愁予是保持著一個旁觀者的立場來看這有「鄉愁」的人。

不過，要說當時的鄭愁予，全然沒有因離鄉而生的愁緒在心中洶湧，也不完全正確，試看他於一九五四年寫的〈鄉音〉一首：

我凝望流星，想念他乃宇宙的吉普賽，
在一個冰冷的圍場，我們是同槽拴過馬的。
我溫暖的地球已有了名姓，
而我失去了舊日的伴侶，我很孤獨。

這「鄉音」對鄭愁予而言，大概就是「兒時玩伴」的笑聲，他想念的是「人」——童年的友伴，而不是曾踏過、生活過的土地。對年輕的愁予而言，在台灣仍然可以建立起新的「童黨」，隨著年齡的成長，「死黨」也會跟著因社交圈的擴大，交友的增加而「改組」，很難成為他的「鄉愁」。

事實上，人，一直是鄭愁予所有詩篇（不論是哪個時期）最重要的主題，遷居到美洲大陸後，（想必）由於語言的隔閡（儘管詩人的英語能力強，但終究非其母語）與人文環境的差異，再加上移民身分的尷尬，在在使得愁予對故友乃至故土（愛屋及烏）都滋生了濃情蜜意，這些感情，表現在他詩中，就是「鄉愁」了，不同於以往的是，這時的「鄉愁」更為落實了。

也或許卡在這「愁緒」（鄉情的或年少的……）的虛實不同，愁予在寫作每一篇詩時，著力點便自然有所不同，在早期的詩篇中，其愁緒是「虛」的，也不見得有這分愁，因此，他可精心在語言、意象、節奏的效果上經營開鑿，並且，顯然也取得了相當不錯的成果（就是因為愁緒是虛的，更可見其感受之敏銳）。

極端的例子像〈當西風走過〉一首。愁予明顯是以一「老人」的立場來寫一段年輕逝去的愛情，那麼，「當落桐飄如遠年的回音，恰似指間輕掩的一葉／當晚景的情愁因燭光的冥滅而凝於眼底／此刻，我是這樣油然地記起，那年少的時光／哎！那時光，愛情的走過一如西風的走過。」這些「話」，也就不可能是寫此詩時，年僅二十三歲的鄭愁予所能擁有的「真實」經驗了。

然而，這是詩，我們當然得站在文學的角度去看，這首詩場景與意象的營造也的確令人心醉。我不清楚，八、九十歲以後的愁予會不會再寫出這樣的詩篇（即便愛情的主題仍相同）？就算能寫出來，表現的方式肯定也會不同的。

如果將讀者的位置再拉出來，俯看愁予的詩篇，便會發現他早期的作品多半是類似以上所述，場景意象與氣氛的營造要更勝過情感的呈現，除了情詩之外，邊塞詩甚至航海詩（愁予確在基隆港口任職數年，但在其航海詩裡仍以老水手的心曲為主），皆是如此。

早期的詩篇中，情感較為「落實」（與「現實」經驗相符）的，應是他一系列的山水詩了；但有趣的是，不論他寫南湖大山、大壩尖山、玉山、雪山或是大屯山，呈現在他筆下的，盡是活潑似童話的意象，反而不見整個登山過程的辛苦與驚險……，只有年輕的體能與心情才能如此吧！當然，也正因此，鄭愁予才會有「餘力」為傳統的山水詩重新塑造，把山水詩帶進一個嶄新的世界！

譬如，〈南湖居——南湖大山輯之七〉的第二段：

平靜的湖面，將我們隔起
鏡子或窗子般的，隔起
而不索吻，而不將昨夜追問
你知我是少年的仙人
泛情而愛獨居

這種童話境界，在唐詩宋詞裡是沒有的！關鍵不僅在文學體式的不同，也在不同代詩人差距懸殊的生活環境上。

不可否認，鄭愁予模山範水的成功，內在的影響到了不少年輕後輩的山水詩，甚至我個人覺得，楊牧早期（即葉珊時代）許多年輕牧歌式詩篇，也蘊藏不少愁予的影子，當然，比起楊牧的成長背景——花蓮，我們寧願相信，那一帶背山面海的田園才是楊牧詩歌與散文真正的原鄉。

而後來，由鄭愁予與楊牧這一脈下來的「抒情詩系」，幾幾乎都可尋出其發展的痕跡。誰是「宗師」其實並沒有那麼重要，但鄭愁予特殊的抒情詩風給了此後寫抒情詩的作者不少靈感與啟發，殆無可疑。

華人的詩人群裡，旅居（或移民）國外的並不少，紀弦、張錯、林泠、楊牧……都是，但是，站在文學（詩歌）創作的立場而論，大概是要以鄭愁予引起的「爭議」最多：題材的轉向、寫作面貌的更迭使得「愁予迷」都深深感到，他們心目中那翩翩美少年的風采早已遠颺，而今展現在他們眼前的，是因空間的遠隔而顯得心事重重的愁予。

這種「移民情結」在《燕人行》與《雪的可能》兩本詩集中，雖不能說統攝了全部作品，但說它是很重要的主題應不算誇張。因為這類作品，在內涵上正隱隱承接了少年愁予的「流浪」意識，最明顯的例子可舉〈夢斗塔湖荒渡〉為證，愁予在詩「後記」裡一句「而我輩設居陌地，卻連聚骸的沙塚都無。」幾乎把移民心緒的悲涼一古腦兒宣洩出了出來。

其餘像〈一張空白的卡片〉：「一張空白的卡片是一張照片的背面／（當歲月與山河不可翻轉了）／它在安詳地壓著一個謎／是未開的百合在白中隱藏童貞的祕密？／是我年老時面對白髮的鏡子？／卻什麼都不是，我只要寫上／這樣的白，是述說那日武昌以後我去國之悲傷的」（末段）

再如〈NYC飲酒〉之（二）末兩句：「伙伴們都知道／酒客在酒後是不辨色彩也不識方向的」。

去國之悲傷是把這「過客」的情緒給說白了，但「酒客」在詩裡顯然另有「喻旨」（Signified），總的說，是「流浪者」，就詩的「現實層次」而言，便是「移民者」了，否則，他不會在同一首詩的前段寫出「而酒客的家，是無橋可通的」那樣無可奈何的句子。

《雪的可能》裡，屬於移民者的悲愁都被淡化了，但細心的讀者仍可在字裡行間感覺到「老移民」的觀物方式，如〈山間偶遇〉中，他遇到了分別來自拉丁美洲與中東的年輕登山者，深聊了之後，他以這樣的方式做了總結：

我是中國　經驗了
所有可能的民族的傷痛
我不再解說使命了　讓我
包容和背負你們
在歷史一樣崎嶇的路上　一步一步地
走出去
吧

當然，這種歷史胸懷並非只有移民才有，但其呈現的風貌肯定是不會相同於站在華人的原居地去「感受」屬於大中國歷史的心緒。

一看到〈北極光〉，他便被帶回了記憶與幻想，如「表姐新年穿的花緞襖」、「柴可夫斯基／……帶著一隊身穿彩虹的芭蕾女」末了，他在想過了許多酒與寶石的名字之後，「許多名字我一呼喚就會跟著我到夢裡去……」，這種「夢」，其實也正是長久以來活躍在鄭愁予詩中的重要憑託，因為，它承載了許多合理與不合理的象徵，也因為夢，愁予更能盡情馳騁他的想像力，建立了融合古典意象與童話語言，別具特殊風味的「愁予風」！

異國情結，與歷史的鄉愁，恐怕是所有的移民詩人在處理每一音節、每一意象時，都將難以解脫的基本身段吧。

在多元化的現代社會中，所有的文學活動原應是朝著最新的趨勢靠攏，在這個趨勢中，含括了不同文類（genre）、不同的文體（style），以及互異甚至相左的意識形態，他們會藉著發表（最基礎的宣告儀式）、演講，或街頭運動（表演）來凸顯自己，最低程度是讓（閱聽）大眾「看見」自己的存在，最高目標，也許便要創立一文化（文學）霸權！

當然，要成為一文化霸權，前提自然是先使作品成為「經典」（典律）。只不過，在各種資訊媒體日漸發達的今天，人們已少將文學（以及衍伸出來的「作品」）奉為圭臬了；電影、電視的動畫比文字更具說服力，而當政者也早早脫離了文學及其相關活動（譬如科舉時代，政府以詩詞歌賦作為取才的準據），因此，強而有力的典律便失去了養成它的憑託……可以說，當今在文學創作的領域裡，是無政治意義的典律存在之環境。

於是，鄭愁予的詩能傳唱至今，較之同時代詩人的作品更具「生命力」，便值得深思了。

到這裡，也許有不少讀者洞悉了我為何不厭其煩地搬出「典律」，既用作開頭，也以之結尾。事實上，我的企圖正是要顛覆（至少是現代詩裡）典律在讀者的閱讀行為中可能起的作用；鄭愁予，當然不是具有強制力的「經典」（譬如我們這一代，多半還是到大學時期，或從民歌裡才初次接觸到他的作品），更非深具傳統意義的「典律」。

正因如此，鄭愁予詩的意義才更加鮮明，他的「誘惑力」建立在人類（讀者）心中對情、愛與唯美的無限渴求上，他用良好的意象與輕緩的語言「刺激」讀者歌詠的欲望，而且，顯然無人能出其右。無形中，他的詩作（特別是早期的），儼然也成了另一種意義的「經典」。

那麼，我們便有足夠的理由相信，典律與否，其實都早已在井水處歌唱「達達的馬蹄」與失戀時會油然記起「是風、是雨、是夜晚」的那些人的歌聲裡，成為虛無的詞彙了。

目次

詩歌

殘堡

野店

牧羊女

黃昏的來客

殘堡

戍守的人已歸了，留下
邊地的殘堡
看得出，十九世紀的草原啊
如今，是沙丘一片……

怔忡而空曠的箭眼
掛過號角的鐵釘
被黃昏和望歸的靴子磨平的
戍樓的石垛啊
一切都老了
一切都抹上風沙的銹

野店

是誰傳下這詩人的行業
黃昏裏掛起一盞燈

百年前英雄繫馬的地方
百年前壯士磨劍的地方
這兒我黯然地卸了鞍
歷史的鎖啊沒有鑰匙
我的行囊也沒有劍
要一個鏗鏘的夢吧
趁月色，我傳下悲戚的「將軍令」
自琴弦……

啊，來了
有命運垂在頸間的駱駝
有寂寞含在眼裏的旅客

是誰掛起的這盞燈啊
曠野上，一個朦朧的家
微笑著……

有松火低歌的地方啊
有燒酒羊肉的地方啊
有人交換著流浪的方向…

牧羊女

「那有姑娘不戴花
那有少年不馳馬
姑娘戴花等出嫁
少年馳馬訪親家

哎　那有花兒不殘凋
那有馬兒不過橋
殘凋的花兒呀隨地葬
過橋的馬兒呀不回頭……」

當你唱起我這支歌的時侯
我底心懶了
我底馬累了

那時
黃昏已重了
酒囊已盡了……

黃昏的來客

是誰向這邊馳來了呢
這裡有直立的炊煙
和睡意矇矓的駝鈴

你也許是來自沙原的孤客
多情而爽朗的
邊城的孩子
你也許帶著被放逐的憂憤
擰著鞭子似的雙眉

然而，你有輕輕的哨音啊
輕輕地——
撩起沉重的黃昏
讓我點起燈來吧
像守更的雁

讓我以招呼迎你吧
但我已是老了的旅人
而老人的笑是生命的夕陽
孤飛的雁是愛情的殞星

賞析

充滿歷史情懷的邊愁

大約是漢朝以後，隨著中國文治武功的發展與延伸，外國（所謂的「蠻夷之邦」）與各朝代的政治外交往來，一直保持著若即若離的關係，開疆拓土不但可以增加本朝政治或經濟的發展空間，更重要的，它有展示一國軍事實力的無形意義。

正是為了展現實力，各朝代對邊疆軍事的布置自然也就格外謹慎。當然，各個朝代的情況不盡相同，像宋朝，其國運幾乎是與契丹、遼、金、蒙古等「外族」相扣合在一起的，連兩宋的敗亡都是栽在「外族」手裡（北宋亡於金、南宋亡於蒙古）即可見一斑。

於是，邊塞兵防，便成了各朝代重要的政事之一。

然而，對老百姓而言，邊疆，卻是心中的傷痛；在兵荒馬亂、戰禍頻仍的年代，塞外固然可能是離死亡最近的地方，即使在太平盛世戍守邊疆，拋妻別子到遙遠的大漠草原，也不是舒服的事，因此，歷來的邊塞詩作，表現的不是生離，便是死別的苦楚，「可憐無定河邊骨／猶是深閨夢裡人」、「醉臥沙場君莫笑／古來征戰幾人回」，邊塞的意象，就是在這種灰色與傷感中被接續下來。

有了這層認知，再來看鄭愁予這四首詩，別具意義，因為鄭愁予並非以一個戍守邊塞的軍人身份來寫邊塞，而是以一個流浪人身份來寫。

以軍人的身份來寫，由於邊塞已儼然成了一個「家」，鄉愁交織著對「人」（親人、妻子）的思念，再加上一點點死亡的陰影，譜出了因擔憂（家、親人與自己的命運）而生的悲愴曲調。

但流浪人就不一樣了，邊塞對一個流浪人來講不過是個驛站，他不需要去面對死亡，甚至，有可能他也無需去面對鄉愁（如果他的流浪是有意或自願的話）；然而這不表示鄭愁予會以輕鬆的心情去面對，對二十世紀五〇年代的詩人而言，他恐怕要更多的去面對歷史，在那裡，有多少次戰役被挑起，有多少個英雄壯士埋骨於此，又有多少個朝代來來去去……，這些，詩人非常清楚。

百年前英雄繫馬的地方
百年前壯士磨劍的地方
這兒我黯然地卸了鞍
歷史的鎖啊沒有鑰匙
我的行囊也沒有劍
要一個鏗鏘的夢吧
趁月色，我傳下悲戚的「將軍令」

自琴弦……

——〈殘堡〉

在面對遼闊的邊城荒野時，一種對歷史的懷想很自然地會湧上鄭愁予的心頭，只是，詩人也了解到（詩中的）自己不過是個旅人，並非戰士，因此「行囊中沒有劍」。隨即在〈野店〉一詩裡，愁予便順利帶出了「流浪」的意象，而讀者也可以看到，詩人的流浪似乎也在複誦著寂寞與宿命等等「不快樂」的主題。

有命運垂在頸間的駱駝
有寂寞含在眼裏的旅客

——〈野店〉

「命運」垂在駱駝的頸間，彷彿說的是駱駝之無法掌握未來，但事實上，也是詩人心情的投射，旅客面對蒼茫的前程，在曠野上，家卻是「朦朧」的，這種「寂寞感」是可想而知的。〈殘堡〉與〈野店〉寫於一九五一年愁予十八歲時，而這兩首詩透露出的悲愁，竟是那麼動人，不知有沒有人會想到「少年不識愁滋味，為賦新詞強說愁」？

不過，個人以為，就這幾首詩來看，唯一能與「年輕」發生聯想的語詞，大概只有「英雄繫馬」、「壯士磨劍」、「行囊」等，至於「流浪」、「悲愁」，也可以理解為鄭愁予當年寫這幾首「邊塞詩」的心情。

年少的鄭愁予「隨父轉戰馳徙於大江南北」（見洪範本封面褶口）而後輾轉到台灣，這一曲折的路基本上即是一種「流浪」的路程，而當年的國共之爭鬥，仍是混沌未明，到台灣的「大陸人」（或「外省人」）並不確知是否真能很快重返神州，更不知道在台灣島上能待多久，對命運的疑惑，對寂寞的感觸，幾乎成了這些人的「集體潛意識」（collective unconsciousness）了，那麼，愁予會在他的詩裡頭暗示這種情結，並且選擇使用「邊塞」（歷史、時間與空間都在這裡獲得延伸）做為主要舞台，就可以理解了。

特別是「舞台」（platform，其實就是詩裡的背景與場景）的搭設，一向是鄭愁予最擅長的。用「邊塞」做為流浪的場景，很有悲壯感。正如前面提到，歷史、時間與空間都在這裡獲得延伸，時空一延伸，渺小的人類在獨對廣袤的天地（沙漠或草原所組織起來的邊塞）時，那種蒼茫感與無力感便輕易被烘托出來。

同樣是流浪，如果還在都市裡，在人潮洶湧的鬧區，你與四周擦肩而過的人彼此陌生，那或許會讓你有寂寞的情緒，但不太可能會認知到，那是歷史或時間把你帶到這個點（location）。

在這種情況下（蒼茫的邊塞），流浪人自然不會太快樂了，所以，在〈牧羊女〉中，他對著「夢」中的情人說：「當你唱起我這支歌的時侯／我底心懶了／我底馬累了」，當一切一切都跟著沉澱了的時候，那時，「黃昏已重了／酒囊已盡了……」。這在另一方面其實也暗示流浪人意識到歷史的龐大而呈顯出的疲憊與無可奈何的憂鬱感。（與在都市中不同。）

在〈黃昏的來客〉裡，鄭愁予又跳脫出來，看這流浪人：「你也許是來自沙原的孤客／多情而爽朗的／邊城的孩子／你也許帶著被放逐的憂憤／擰著鞭子似的雙眉」無論是「孤客」還是「被放逐」，都不好受，尤其是在邊塞，在模糊蒙昧的時間風口。

在閱讀這四首現代「邊塞詩」時，上面的認知是有必要的。除了宿命與寂寞的悲情外，在這四首「邊塞詩」裡還隱藏著一個主題，細心的讀者可以感受到，那就是思念。

「思念」在四首詩裡分別表現在四個層次。

在〈殘堡〉中是對歷史的思念：

一切都老了
一切都抹上風沙的鏽

在第一段中，詩人已點出了對歷史的眷戀：「戍守的人已歸了，留下／邊地的殘堡／看得出，十九世紀的草原啊／如今，是沙丘一片……」，可是他又走不回歷史，走不回當年，所以，隨後他才會說：「歷史的鎖啊沒有鑰匙」，那麼，就「要一個鏗鏘的夢吧」，只有在「夢」裡，他才能走進那一「鏗鏘」的年代！

在〈野店〉中，是對「家」的思念：

曠野上，一個朦朧的家
微笑著……

遠離了家，唯一能夠吸引流浪人的眼神的，就只有「黃昏裡掛起的一盞燈」了（當然，也只有詩人才會對這盞燈感受特別深），「燈」之所以讓人感動，是因為它象徵著一種「等待」，「等待」著歸人。

然而，「流浪」既是事實，那麼，只好權將「有松火低歌的地方」與「有燒酒羊肉的地方」當家了……，在這裡，是流浪人「交會」的地方，他們在這裡溫暖的相處，也無奈地交換「流浪的方向」……盡管愁予沒有明說，但「思念」的氣氛縈迴全篇！

在〈牧羊女〉中，愁予又很清晰地說出對「愛情」的思念：

那有花兒不殘凋
那有馬兒不過橋
殘凋的花兒呀隨地葬
過橋的馬兒呀不回頭

殘凋的花與過橋的馬，都暗示著與過往的訣別，時間在此斷絕，於是，詩人所剩下的，便只有思念了，思念那一門親；然而，對「流浪」的詩人來講，思念，也只是思念罷了，他挽回不了任何他想挽回的。

在〈黃昏的來客〉中，鄭愁予又說出了對「年輕」的思念。對「現在」而言，過去種種（哪怕是前一秒鐘）永遠都是「年輕」的，比現在「年輕」，難怪，愁予會寫出「但我已是老了的旅人」：

而老人的笑是生命的夕陽
孤飛的雁是愛情的殞星

事實上，鄭愁予所思念的四個對象：歷史、家、愛情與年輕，一被落筆到大漠邊疆的場景，就顯得虛弱無力，特別是對一個流浪人來講；因為在那裡，做為一個「人」，已被挖空到只剩下「活下去」的意義而已！

同時，也因了這些思念，使得愁予回過頭來扣住了古往今來所有邊塞詩的大主題。早先我們提出的「宿命」與「寂寞感」，又因這層層的思念而再被拉回，豐富了彼此的意義與精神特質。

愁予所開鑿的「現代邊塞詩」在現代詩史上，無疑是極具啟發性的。

詩歌 ｜ 水手刀

水手刀

長春藤一樣熱帶的情絲
揮一揮手即斷了
揮沉了處子般款擺著綠的島
揮沉了半個夜的星星
揮出一程風雨來

一把古老的水手刀
被離別磨亮
被用於寂寞，被用於歡樂
被用於航向一切逆風的
桅蓬與繩索……

賞析

老水手的心曲

由於中國的政治發展與經濟的起源是沿著兩河（長江與黃河）流域的大陸，因此，像「海上生明月，天涯共此時，情人怨遙夜，竟夕起相思」這類將「演出」場景設在「海洋」的詩篇畢竟不多。

而現代詩在台灣的墾拓，雖然在比例上，寫到海洋的詩篇也不算多，但或許因為台灣是屬於海島，四面環海，生長在台灣的人民（包括詩人）想一輩子沒看過海也難，所以，台灣的詩人幾乎人人都或多或少寫過與海有關的詩篇，特別是像「大海洋詩社」（一九七五年成立），主力詩人泰半是海軍軍人，他們的宗旨，就是要建立一套「海洋文學」，他們的詩呈現了他們對海洋的親身體驗，例如汪啟疆〈秋之天空〉第一段：「秋夜天空／種滿星星／軍艦慢慢行駛在／星與星的空隙，感覺到／神話，正是自己的故事……」

的確，這些詩人本身即是海員，是個水手，因此，所有關於海的神話，彷彿就要迎向自己，別無選擇。那麼，類似「我們離開港口，往天河航行／會遇到誰呢？」或「在最亮與最黑處，作死亡的／航行，要把穩我們所定下的航向／舵手　我們要完整的回去」的疑懼與自信，就成為他們不得已的人生抉擇了。

讀者在感動之餘，也體受了航海的艱辛。

鄭愁予大學畢業後，曾在基隆港口工作多年，會有關於海洋的詩，自是「想當然耳」的事了。然而，我們並不確知鄭愁予是否曾當過海員，或有多久的時間生活在海上，可以肯定的是，至少藉著工作關係，在基隆港那段工作時間，詩人必然有許多來自海員、水手的間接經驗，這也是為什麼愁予筆下水手、船長的角色一出現，便是以第二人稱（你）的姿態，而不是「我」（如〈老水手〉、〈船長的獨步〉二詩）。

除了〈港邊吟〉與〈港夜〉兩首是純粹寫景之外，鄭愁予大部分關於海的詩篇，仍然是以抒情為其吟詠的主旋律，譬如他的〈歸航曲〉末段：「我要歸去了／天隅有幽藍的空席／有星座們洗塵的酒宴／在隱去雲朵和帆的地方　我的燈將在那兒升起……」鄭愁予筆下的「海」，似乎只為了襯托他之所以離開「海」的依據，有點類似他的另一首〈山外書〉，他在詩裡也是扮演「背海的人」的角色，他的最愛仍是「山」吧！

不過，我們別忘記，寫〈歸航曲〉時，鄭愁予才十八歲，寫〈山外書〉時才十九歲，對海的概念與認知，即使有，恐怕也是有限，那麼，這首〈歸航曲〉的意義，與其著眼在它的題材和內容，倒還不如說它呈現了鄭愁予「流浪意識」的另一番風貌。

有了這個認識，再來看〈水手刀〉，就會感受到這首詩在愁予所有關於海的詩篇中的意義有多麼特殊了。

首先，這首詩沒有人稱，詩人藉著素描一把「水手刀」側面寫出了水手長年在海上（飄泊……）所承受的寂寞和滄桑；雖沒有對海心存「強說愁」似的美化，也不藉著它來揭示一己的美學觀，更沒有在〈如霧起時〉那樣藉著「海」勾勒愛情的形象，的確特別。

在第一段裡，長春藤象徵水手們那複雜卻又無法開釋的心情，而要解脫它（如長藤般的糾纏），真的那麼容易麼？「揮一揮手即斷了」，結果卻是「揮出一程風雨來」！

何寄澎先生在《中國新詩賞析》（長安出版社）提到這首詩，認為「揮一揮手即斷了」正是表現水手們的「灑脫」，有他一定的道理，但我認為「一程風雨」的被揮出，正好從另一面「反諷」（irony）了這種「灑脫」，其實並非真正的灑脫，盡管他可以「揮沉」「處子般款擺著綠的島」（象徵每個港口迎接海員們的燈紅酒綠，王禎和的著名小說〈玫瑰玫瑰我愛你〉有極為犀利的描寫），揮沉「半個夜的星星」（暗示水手們岸上夜生活的瘋狂），但喧鬧之後，他依然要繼續去面對遙不可測的未來，以及海上那捉摸不定的暴風雨（其實，「一程風雨」即直接說明了行船的艱險）。

正因為「揮一揮手」的反諷性，才顯出第二段的「合理性」；否則，如果第一段正表現了「灑脫」的個性，怎麼第二段的語氣竟又如此低沉？語氣上的「生硬」將成為此詩的敗筆。那麼，我們就可輕易理解到「揮一揮手」的反諷，恰恰說明海員們心靈上其實是很無奈的。

何以見得？答案就在第二段裡頭。

這「一把古老的水手刀」所展現出來的痕跡，正是使水手與海員們無奈的「證據」：

被離別磨亮
被用於寂寞，被用於歡樂
被用於航向一切逆風的
桅篷與繩索……

在這四句裡，「離別」與「寂寞」顯然在氣氛上蓋過了「歡樂」，尤其是「離別」。刀之所以被「磨亮」是因為「離別」，顯然，在水手們的生命中，「離別」才是其主題，不論海上生活是「寂寞」是「歡樂」，背後都隱藏有「離別」的悲苦。

水手的「悲劇性格」到這裡就展露無遺了。

而最後兩句的出現，更加深了這種悲劇的宿命性：不論是「寂寞」也好，「歡樂」也罷，海員們仍舊注定了要與暴風雨搏鬥到底的命運，其內在的節奏，又與第一段末尾合拍；我想這不是巧合，而是詩人有意的安排。

雖然，鄭愁予對「海」的感覺表現在詩裡，多是抒情浪漫的，但一觸及到了「人」（水手與海員）的問題，像這首〈水手刀〉，卻都發為深沉的悲憫，相同的例子還有〈船長的獨步〉與〈老水手〉，同樣渲染出長年在海上飄泊所引生的蒼老（當然有大半原因也是因鄉愁的滋生之故），〈老水手〉末了他寫道：「在你／所有踏過的港口上／在你底長眉毛／和嘴角的皺痕上／你寫著詩句……／我們讀不出／這些詩句／但我們聽得見／這裡有隱隱的／憂鬱與啜泣」這可以被「聽得見」的憂鬱與啜泣，自然就是〈水手刀〉一詩裡所承載的本質了。我想，老海員讀到鄭愁予的這些詩篇，大概也會心有戚戚吧！

〈船長的獨步〉末三句：「熱帶的海面如鏡如冰／若非夜鳥翅聲的驚醒／船長，你必向北方的故鄉滑去……」等於也勾劃出了每個海員的「望鄉」心情，故鄉，永遠是浪子們的最愛，更甭提詩中的「船長」了。

在鄭愁予所有的作品中，像〈水手刀〉這般觸及到海員辛酸的題材並不多，竟能夠一下子觸動讀者的「同理心」，抒情大師的手法，於焉可見！

詩歌｜

「南湖大山」輯

十槳之舟

卑南山區的狩獵季，已浮在雨上了，
如同夜臨的瀘水，
是渡者欲觸的蠻荒，
是檢盡妖術的巫女的體涼。

輕……輕地划著我們的十槳，
我怕夜已被擾了，
微飆般地貼上我們底前胸如一蝸亂髮。

卑亞南蕃社

我底妻子是樹，我也是的；
而我底妻是架很好的紡織機，
松鼠的梭，紡著縹緲的雲，
在高處，她愛紡的就是那些雲

而我，多希望我的職業
只是敲打我懷裡的
　小學堂的鐘，
因我已是這種年齡——
啄木鳥立在我臂上的年齡。

北峰上

歸家的路上，野百合站著
谷間，虹擱著
風吹動
一枝枝的野百合便走上軟軟的虹橋
便跟著我，閃著她們好看的腰

而我鄰舍的頑童是太多了
星星般地抬走一個黃昏
且扶著百合當玉杯
而那新釀的露酒是涼死人的

牧羊星

雨落後不久，便黃昏了，
便忙著霧樣的小手
卷起，燒紅了邊兒的水彩畫。
誰是善於珍藏日子的？
就是她，在湖畔勞作著，
她著藍色的瞳，
星星中，她是牧者。

雨落後不久，虹是濕了的小路，
羊的足跡深深，她的足跡深深，
便攜著那束畫卷兒，
慢慢步遠……湖上的星群。

秋祭

夜靜，山谷便合攏了
不聞婦女的鼓聲，因獵人已賦歸
月升後，獵人便醉了
便是仰望的祭司
看聖殿的檐
正沾著秋，零零落落如露滴

而檐下，木的祭壇抖著
裸羊被茅草胡亂蓋著
如細致的喘息樣的
是酒後的雉與飛鼠的遊魂
正自灶中懵懵走出

努努嘎里台

風翻著髮，如黑色的篝火
而我，被堆得太高了
燃燒的頭顱上，有炙黃的山月

裊裊的鄉思焚為青煙
是酒浸過的，許是又香又衝的
星星聞了，便搖搖欲落

風停，月沒，火花溶入飛霜
而飛霜潤了草木
草木亦如我，那時，我的遺骸就會這麼想

南湖居

當我每朝俯視，你亮在水的深處
你抵著的那一雙蜂鳥在睡眠中
緊偎著，美麗而呈靜姿的唇

平靜的湖面，將我們隔起
鏡子或窗子般的，隔起
而不索吻，而不將昨夜追問
你知我是少年的仙人
泛情而愛獨居

賞析

童話的山林

中國詩史三千年，雖然在文類上迭有更動（賦、詞、曲……都是詩這個大家庭的成員），但嫻熟文學史的人大概會同意，「山水」的描寫與呈現一直是詩歌中不斷被持續的題材，之所以如此，跟中國的生活環境及政治重心長期被設定在大陸有著互應且密切的關係，從較早的《詩經》與《楚辭》可略窺究竟。

後來隨著哲學思想（尤其是老莊思想）的影響及詩人寫作的背景與態度之不同，使得自然山水在詩歌中也反顯出千變萬化的面貌。可以這麼說，山水詩，在中國文學史上具有相當特殊的意義，似乎每位詩人在他的一生中，都或多或少會寫那麼幾首「山水詩」，至少他也會提到「山水」，或與山水相關的意象，遠的如陶淵明、謝靈運，連以「詩聖」、「詩史」著稱的杜甫，在入蜀時，也一路歌詠了山川，如〈青陽峽〉：「岡巒相經亙，雲水氣參錯。林迴硤角來，天窄壁面削。」

好劍俠、任俠的「詩仙」李白也有〈望終南山寄紫閣隱者〉「出門見南山，引領意無限。秀色難為名，蒼翠日在眼。有時白雲起，天際自舒捲。心中與之然，託興每不淺。何當造幽人，滅跡棲絕巘。」那樣以素描山水為主的詩篇。

在中國廣袤大地上，充滿著山山水水，會發展出難以勝計的山水詩篇，想來其實不足為奇；而台灣的地理環境，高地（包括大山與丘陵地）面積佔去了本島的百分之八十以上，人文（也包括科技）之發展則一直侷限在百分之二十不到平地上，所以會有「寫山詩」的出現，不足為奇。

但遺憾的是，自五四白話運動以來，台灣本土的「寫山詩」（按，廣義來說，即是「山水詩」，但台灣以狀寫河流形象為主體的篇什並不多於狀寫大山者，故暫以「山」做為討論的主題），較之其他主題如「政治」、「社會」、「愛情」……仍屬稀少，早期「銀鈴會」蕭金堆的〈山的誘惑〉在那個年代，竟是鳳毛麟角：「海拔三千幾百公尺／動蕩著蒼鬱的大樹海，／像螞蟻般蠢動，／我被淹沒在蒼鬱的海水裡。／自然的誘惑啊！／帶著恐怖，／壓抑在整個心靈。／好像／羊齒化做手指／樹皮兒吐著紅舌頭／血從樹上淋淋的流下來。」

由於白話新詩寫作技巧的多樣化，類似此首將山作「超越」（自身形象）的描寫的，在近體詩中幾乎不可能，又如鍾順文的〈山〉，短短三句：「憨直的傻小子／幾度還俗／幾度落髮」，把山歷經四季的形貌，想像成「傻小子」，也很難在近體詩中找到，這當然也是白話詩打破了格律束縛的具體成果，因格律的鬆開，想像空間也拓寬了。

了解這一層次，我們差不多可以預知到鄭愁予「寫山詩」的表現在中國現代詩史上的重要地位。

是的，要談鄭愁予，如果忽略掉他一系列「寫山詩」，簡直不可思議。這不只是因為愁予本身就是登山專家，攀登過不少（台灣的）名山大脈，他收在〈窗外的女奴〉詩集中的「五嶽記」二十首，更是開拓了「寫山詩」的嶄新風貌（即使我們從整部詩史來看）。

楊牧在〈鄭愁予傳奇〉一文中告知過「五嶽記」在愁予詩發展過程中的重要性：「第一，在詩題材的把握上，這二十首明白表示愁予創作方法的一貫性，愁予常以一事一地為重心，環繞此一事一地，以若干二十行左右的抒情詩刻意經營，使成一有機的總體……『五嶽記』二十首的第二重要性，是新語言的塑造……」

同時，楊牧也認為，從〈窗外的女奴〉一詩開始（當然也包括了「五嶽記」這二十首詩），愁予突然蓄意放棄他陰性的語言，努力塑造陽性的新語言。

無論讀者在多大比例上贊同楊牧的說法，我個人認為「五嶽記」的成就還不是「新語言的塑造」，而是愁予扭轉了山的形貌！

以「南湖大山」輯七首為例。

不同於舊體詩的風貌，愁予筆下的「山」是一幅幅童話世界的呈現，充滿童趣與天真，〈北峰上〉是典型的例子：

歸家的路上，野百合站著

谷間，虹擱著
風吹動
一枝枝的野百合便走上軟軟的虹橋
便跟著我，閃著她們好看的腰

將花「人格化」是童話（詩）慣用的手法，愁予當然並非第一個，楊喚即有「叮呤呤、叮呤呤／鈴蘭花搖響一串小鈴子／嗚啦啦、嗚啦啦／牽牛花吹起一支小喇叭……」（〈花〉）、「第一個是香蕉姑娘和鳳梨小姐的高山舞／跳起來裙子就飄呀飄的那麼長……」（〈水果們的晚會〉）等佳句。但是，可資注意的是，鄭愁予重點並不在寫童話，而在為「山」模塑「童趣」的形象，我們不妨接著看〈北峰上〉的第二段：

而我鄰舍的頑童是太多了
星星般地抬走一個黃昏
且扶著百合當玉杯
而那新釀的露酒是涼死人的

星星般的「頑童」將「黃昏」抬走，接下來的主角當然就是「星星」（其實就是頑童），也就是「夜」了，然而，愁予將「星星」與「頑童」等同起來，其意象的活潑天真自然是不言可喻了。

類似的表現手法，在〈秋祭〉的第二段也可以看到：

正自灶中懵懵走出
是酒後的雉與飛鼠的遊魂
如細致的喘息樣的
裸羊被茅草胡亂蓋著
而檐下，木的祭壇抖著

將「裸羊」「嬰兒化」——可以從「被茅草胡亂蓋著」與「如細致的喘息樣的」兩句得到初步的印象。甚至「自灶中懵懵走出」的「雉」（必然是「醉」了吧）與「飛鼠的遊魂」，其實都是童話的變形，詩人筆下的雉與飛鼠竟是那麼可愛，讀來當然令人玩味不已！

除了「童趣與天真」之外，愁予聯想力的靈活，或許也是舊體詩難以企及的，由於詩句的白話與自由化，愁予靈活的聯想力（不論是運用在明喻或暗喻上）更能得到充分的發揮，我們且以第一首〈十槳之舟〉首段舉例來看：

卑南山區的狩獵季，已浮在雨上了，
如同夜臨的瀘水，
是渡者欲觸的蠻荒，
是襝盡妖術的巫女的體涼。

在雨中打獵（狩獵）除了有「溼」意外，當然也會有微微的涼意，鄭愁予以「襝盡妖術的巫女的體涼」來作為喻依，不論讀者是否同意（體涼才是詩人用來類比「涼意」的重點），都不能不承認其聯想力之靈活，並且，巫女與山，與蠻荒，與獵人的並置，不會有格格不入的感覺，因此，愁予想在這一段呈現「原始」的風味便昭然若揭了。

再看〈努努嘎里台〉（按，原住民語「蛙鳴」的意思）一首，這首詩，鄭愁予假想自己是具被火葬的屍體，在山巔上，火葬習俗在原住民族自有傳統，但愁予用來「間接」呈現出南湖大山之壯麗的手法，確實高明，例如「燃燒的頭顱上，有炙黃的山月」、「裊裊的鄉思焚為青煙／是酒浸過的，許是又香又衝的／星星聞了，便搖搖欲落」，不過，較值得一提的，還是末段：

風停，月沒，火花溶入飛霜
而飛霜潤了草木
草木亦如我，那時，我的遺骸就會這麼想

所謂值得一提，倒不是它的意義（稍稍接近曹雪芹〈好了歌〉中所要表達的「世人都曉神仙好／唯有功名忘不了／古今將相今何方／荒塚一堆草沒了」），而是愁予在末尾並不像他大部分（在此指早期而言）的詩用刪節號來引生「意猶未盡」的樣子，卻是什麼標點也不加，頗耐人尋味。也許愁予想表達的是「認命」的感覺，也許是一切思想、生命、關懷……都到此為止的無奈（或者豁達）吧！

談完「聯想」，又得說回鄭愁予的「造境」了，這是他的拿手絕活，前面舉的幾首都可與其「造境」相互印證，這裡再舉〈牧羊星〉末段，更加清楚：

雨落後不久，虹是濕了的小路，
羊的足跡深深，她的足跡深深，
便攜著那束畫卷兒，
慢慢步遠……湖上的星群。

最後一句，就只是單純的一個景象，也足以令讀者神往，讀者不需要，也找不出什麼深意，卻無法不墜入詩人筆下重塑的一座山裡，一座入夜了的，寧靜的山湖裡！

因為山中少光害，滿天星星就安靜地倒映在寧靜無波的湖面，看著慢慢步遠的女孩。

在「南湖大山」輯中，有兩首是用來「寄寓」某些含意的，即〈卑亞南蕃社〉與〈南湖居〉兩首（〈努努嘎里台〉的意義仍很薄弱，見上述）；〈南湖居〉可視為情詩，烘托出（詩中的）愁予的「浪子情懷」：

你知我是少年的仙人
泛情而愛獨居

當然，愁予的「聯想力」也在這裡表現出來：

你抵著的那一雙蜂鳥在睡眠中
緊偎著，美麗而呈靜姿的唇

「一雙蜂鳥」與「唇」的比附，新鮮而生動。

〈卑亞南蕃社〉暗示了愁予對老年時歸隱平靜的追求與嚮往，第二段其實並不難懂：

而我，多希望我的職業
只是敲打我懷裡的
　小學堂的鐘，
因我已是這種年齡——
啄木鳥立在我臂上的年齡。

在需要啄木鳥（喻醫生）立在臂上（喻治病）的那個年齡（與老年多病暗合）時，大概都會有復歸平靜的想望吧，而在小學堂負責管理上下課鐘的老校工，自然就成了最佳的「退休工作」了。

以上，我們用了較多的篇幅介紹「南湖大山」輯，同時，大致歸納出愁予在「五嶽記」中使用的三種技巧：一、童趣與天真。二、聯想力的發揮。三、造境。

這三個技巧，其實是締造愁予詩的風格的主軸，也是進入愁予詩之迷人堂奧的法寶。

詩歌

錯誤情婦

錯誤

我打江南走過
那等在季節裏的容顏如蓮花的開落

東風不來，三月的柳絮不飛
你的心如小小寂寞的城
恰若青石的街道向晚
跫音不響，三月的春帷不揭
你的心是小小的窗扉緊掩

我達達的馬蹄是美麗的錯誤
我不是歸人，是個過客……

情婦

在一青石的小城，住著我的情婦
而我甚麼也不留給她
祇有一畦金線菊，和一個高高的窗口
或許，透一點長空的寂寥進來
或許……而金線菊是善於等待的
我想，寂寥與等待，對婦人是好的。

所以，我去，總穿一襲藍衫子
我要她感覺，那是季節，或
候鳥的來臨
因我不是常常回家的那種人

賞析

迷人的錯誤

一本鄭愁予詩的賞析專著，或者一篇有關鄭愁予的專論，如果沒有賞析到，或舉例〈錯誤〉與〈情婦〉的話，那麼，這樣的專著或專論，絕對不會是合格的著作。

這兩首詩在鄭愁予全部的作品裡，大概是流傳最廣最遠的兩首，即便在全部的現代詩作品裡，恐怕也是如此。不喜歡現代詩的現代人，隨口大概也能來上兩句「我打江南走過／那等在季節裏的容顏如蓮花的開落」或者「我達達的馬蹄是美麗的錯誤／我不是歸人，是個過客……」，或者「在一青石的小城，住著我的情婦」，要不就是「因我不是常常回家的那種人」。

然而，這兩首詩也是鄭愁予被人爭議最多的詩篇，什麼「浪子詩人」、什麼「過客心態」都源自這兩首，連「大男人主義」也都出籠了！

晚近的比較文學理論，受到羅蘭・巴特（Roland Barther）宣稱「作者已死」觀念的影響，在閱讀（詮釋）與批評過程當中，逐漸「忽略」了作者的存在，而直接就作品論作品。於是，隨一篇作品的誕生與發表，便跟來好幾路的「詮釋策略」的情形就成了家常便飯；這種觀念的勃興有其好處，起碼它保障了讀者的閱讀權益，更捍衛了批評者（家）的超然立場。

但是，一般而言，批評總會在字裡行間透露或者定下價值判斷，以顯（暗）示批評者（家）的「詩（文學）」觀與美學觀，這，就文學而言，沒什麼不好，只是，當批評者所下的判斷，多不利於作者時（讀者在閱讀批評文字時，不太可能像批評者那樣「超脫」），讓一般讀者適時了解詩作者創作詩篇的動機、背景，乃至心情，便有必要。這是對作者的保護。

當年李商隱大概沒來得及為他的〈錦瑟〉多說一些話，使得後來的讀書人在評點到「此景可待成追憶，只是當時已惘然」時，也不禁擲筆浩嘆：李商隱這兩個詩句，到底指的是什麼？

那麼今天，當我們有機會聽聽鄭愁予為他自己的詩做說明時，是否也該將之納入我們對愁予詩的欣賞「策略」之一來看呢！

讓我們先來看看他自己的說法吧：「許多人也寫文章談我的作品，我認為很少能觸及到我的寫作精神和中心所在，因為我從小就是在抗戰中長大，所以我接觸到中國的苦難，人民流浪不安的生活，我把這些寫進詩裡，有些人便叫我『浪子』；其實影響我青年的和青年時代的，更多的是傳統的仁俠的精神．如果提到革命的高度，就變成烈士、刺客的精神。這是我寫詩主要的一種內涵，從頭貫穿到底，沒有變。」（見〈揭開鄭愁予的一串謎〉，彥火，《中報月刊》，一九八三年四月）。

如能跟著鄭愁予的說法，將記憶（或想像）拉回到八年抗戰時期，那一段令中國人心中傷痕迄今仍難以平復的時代，看見那樣多妻離子散、父死子亡的悲劇不斷在古老的土地上搬演，或許能夠了解到，為什麼〈錯誤〉裡的第一人稱（我）竟不敢保證自己是個「歸人」了。也能夠體會到〈情婦〉裡的「我」為什麼不能「常常回家」，當然，從另一個角度而言，這差堪也算是「俠士」風格的呈現吧。

試想，在〈錯誤〉一詩中，主人翁無法成為一個「歸人」而只能是一個「過客」的原因，可以有很多呢，他如果是軍人，他很可能只能在行軍時路過家門口，他如果是商人，家很可能就成了他的「旅館」，他如果是上京趕考的書生，考不上就不回家，考上了，說不定就當駙馬爺，還有多少可能成為「歸人」呢？……

〈情婦〉一詩，讀者盡可以將詩題與詩裡頭的「情婦」一詞拿去，代之以「妻子」、「女兒」、「母親」或甚至於獨居的「女友」吧，想想，在兵馬倥傯的戰時，詩中的第一人稱（我）之不能「常常回家」，是否合理！

更何況，詩中的「我」，也未必即是現實中的鄭愁予，詩人有絕對的權利與自由去運用豐富的想像力與聯想力去模塑一個詩世界，盡管可以說那是詩人的思想與精神的變形，或是詩人風格與品性的轉換投射，但無論如何，那不是詩人本身，否則，當你讀到「幽靈們靜坐於無疊席的冥塔的小室內／當春風搖響鐵馬（按，即自行車、單車）時／幽靈們默扶著小拱窗瀏覽野寺的風光／我和我的戰伴也在著，擠在眾多的安息者之間／也瀏覽著，而且回想最後一役的時節……」（〈厝骨塔〉）時，豈不就要少見多怪的問「哦！鄭愁予已不在人間啦？怪了，他怎麼還能活過來寫詩？」這類令人噴飯的問題。

越過這一層次，拋開無謂的道德判斷，再來就詩的語言、風格來討論，比較能夠落實。誠如楊牧所言：「鄭愁予是中國的中國詩人，用良好的中國文字寫作，形象準確，聲籟華美，而且是絕對的現代的。」（〈鄭愁予傳奇〉）

楊牧在〈鄭愁予傳奇〉這篇文章中，一開頭就對〈錯誤〉一詩的首段：

我打江南走過
那等在季節裏的容顏如蓮花的開落

提出了頗為獨到的看法：「長句如『那等在季節裏的容顏如蓮花的開落』，講求的是單音單節語字結合排比的『頓』的效果，並以音響的延伸暗示意義，季節漫長，等候亦乎漫長，蓮花的開落日復一日，時間在流淌，無聲的，悠遠的。」

不過，楊牧說的，其實並不完全，第二句之所以能表現出等待的漫長，除了其句子（字數）長之外，更重要的是，還因其對照著第一個短句（才六個字）而來，這中間又有一個關鍵：第一句的短，恰好呈現出「走過（江南）」的匆匆，對照著第二句的「漫長」才更加清晰。等待（者）的漫長，勢必得靠「過客（即走過者）」不定的行蹤來烘托，給讀者的印象才會深刻。

要是把首句的「走過」換成「回來」，兩句的排比，道理上固然可以說得通，但「等待」的意義便從此斷了，且變得突兀滑稽，更不用說因末段的「不是歸人，是個過客……」而搞得邏輯大亂。

除了對詩形式高妙的安排，愁予對中國語言使用之精練，從這兩首詩，我們還可以找到其他線索。

像倒裝句的巧妙運用：

東風不來，三月的柳絮不飛
你的心如小小寂寞的城
恰若青石的街道向晚
跫音不響，三月的春帷不揭

你的心是小小的窗扉緊掩

這一段的「街道」、「窗扉」都是有形的、固定的，街道不會再加長、窗扉不會再變寬，因此它們形成的意象是「死」的，如按文法規例，名詞前是形容詞或動詞，則「街道」與「窗扉」都將成為各句的主詞，成了陳舊毫無創新（意）的詞句：「恰若向晚的青石街道」、「你的心是緊掩的小窗扉」。

但詩人在這裡使用倒裝，把名詞放在形容詞或動詞前面，視覺被延伸出去了，在「恰若青石的街道向晚」中，「向晚」（時間）是流動的，它會進入黑夜，跟來黎明……而「你的心是小小的窗扉緊掩」中，「緊掩」還有再「開窗」的時候（因為有『你』住在裡面）……

可見得鄭愁予在〈錯誤〉中的「倒裝法」使用，一點都不「錯誤」，且正呈示愁予很早（寫〈錯誤〉的鄭愁予才二十一歲）便能夠熟練的運用中國文字了，還能深諳其中變化之奧妙。從他其他的詩中，我們也能夠輕易找到旁證，如「客來門下，銅環的輕叩如鐘」（〈客來小城〉），用「如鐘（聲）的輕叩」便索然無味了。再如「我已回歸，我本是仰臥的青山一列」（〈清明〉），「一列」置於末尾，延伸了「青山」的長度。

對音韻節奏的掌握是鄭愁予另一絕，〈情婦〉透露了這樣的訊息：

或許，透一點長空的寂寥進來
或許……而金線菊是善於等待的

「……」的使用，固然是因為有「話」未說完，但還有一個更直接的效果：聲韻的緩和。尤其是在朗誦時，它可以指示朗誦者把「許」與「而」之間的停留時間拉長，造成一種意猶未盡的感覺，「或許」之後還有什麼呢？愁予在這邊做了保留是對的，當下一句「金線菊是善於等待的」，讀者便立即感到，「重點」終於來了：詩中的「我」是要那「情婦」懂得「等待」，愁予在「等待的」之後，沒有畫蛇添足地再加個「……」，意義也在這裡。

這樣的技巧，〈情婦〉不是唯一的例子，〈十槳之舟〉的末段也是佳例：

輕……輕地划著我們的十槳，
我怕夜已被擾了，
微飆般地貼上我們底前胸如一蝸亂髮。

朗誦時，朗誦者勢必要在第一個「輕」與第二個「輕」字之間做短暫的停留，當然，聲音可以微微連接，以利於讀（聽）者想像夜晚在山溪中躡足（「十槳」指的就是十隻腳趾頭）行走的戒慎心情。另外。有些人認為，將「微飆」與「一蝸亂髮」（貼在前胸）做類比很難理解；事實上，那句正暗示著走在山區溪澗裡（而且還是黑夜）的危險，一點小小的飆風便可能讓人失足，亂髮的意象變得像小小的龍捲風，危險可能是危險，但形象相當美。

在結束本文時，仍然必須提出來的是，愁予的「造境」功力確有他獨到的地方，從這兩首詩也可略見端倪。

〈情婦〉中的場景（scene）可視為與〈錯誤〉裡的場景（註）相同，都是「青石的小城」，而〈錯誤〉中的「青石街道」是通向日落時分的地平線，兩旁的房子青苔斑駁、無人、靜寂，可以再想像三兩聲遠處的犬吠，一個人（浪子）騎著一匹馬，慢慢走在這青石的街道上……

幾乎愁予的每一首詩，都會有一個美麗如畫的場景（或舞台），鄭愁予的「迷人」，實非浪得虛名。

（註）這裡的「場景」，我在另篇中有時用「舞台」，這個概念，在廣西教育出版社的

版本中，我用的是「背景」（background）。

如果讀者通觀全文，相信會明瞭我指的是，鄭愁予的詩中，即便你不知道他想表達什麼意義，但你一定「看」得見裡面的一景一物、一草一木。很多時候，詩人不會，也不一定需要在詩中告訴讀者他想表達的意思，但如果你「看」得見詩中的「場景」，也能「感受」到該詩的意義。

典型例子，馬致遠的〈天淨思，秋思〉：「枯藤老樹昏鴉，小橋流水人家，古道西風瘦馬。夕陽西下，斷腸人在天涯。」讀者可以意會，不另解說了。

詩歌

當西風走過 如霧起時

當西風走過

僅圖這樣走過的，西風——
僅吹熄我的蠟燭就這樣走過了
徒留一葉未讀完的書冊在手
卻使一室的黝暗，反印了窗外的幽藍。

當落桐飄如遠年的回音，恰似指間輕掩的一葉
當晚景的情愁因燭火的冥滅而凝於眼底
此刻，我是這樣油然地記取，那年少的時光
哎，那時光，愛情的走過一如西風的走過。

如霧起時

我從海上來，帶回航海的二十二顆星。
你問我航海的事兒，我仰天笑了……

如霧起時，
敲叮叮的耳環在濃密的髮叢找航路；
用最細最細的噓息，吹開睫毛引燈塔的光。

赤道是一痕潤紅的線，妳笑時不見。
子午線是一串暗藍的珍珠，
當妳思念時即為時間的分隔而滴落。

我從海上來，你有海上的珍奇太多了……
迎人的編貝，嗔人的晚雲，
和使我不敢輕易近航的珊瑚的礁區。

賞析

踏花歸去馬蹄香

楊牧曾在一篇名為〈林冷的詩〉的文章中提到：「我深信一個優秀的詩人如果在青年時代竟寫不出優秀的情詩，或者拒絕將愛情寫進詩裡（不管是為了什麼崇高的文學理論所執拗，或為任何現實的顧忌和羞澀），總是遺憾可惜。」

而我也相信，對一個喜歡詩的朋友（不論是不是詩人），如果沒有讀過鄭愁予的詩，尤其是他的情詩，簡直不可思議。暫時擱下他那「達達的馬蹄」不談，鄭愁予的詩也曾因名音樂家李泰祥的譜曲而普及，此外，許多書卡禮品公司印書卡，也都會不約而同的「借」用愁予的詩句。試想，在生硬的課本中，或贈給情人的禮物中夾上一張刻有鄭愁予情詩的書卡，不但浪漫，且立馬把這段感情漂染得多麼高端、大氣、上檔次！

我第一次接觸鄭愁予的詩，就是在書卡上，那是念中學時期的舊事了，還記得那張書卡是淡黃色（或米黃色）的襯底，上面就印了〈當西風走過〉末四句：

當落桐飄如遠年的回音，恰似指間輕掩的一葉
當晚景的情愁因燭火的冥滅而凝於眼底
此刻，我是這樣油然地記取，那年少的時光
哎，那時光，愛情的走過一如西風的走過。

「愛情的走過一如西風的走過」，的確會讓許多情竇初開的青少年男女為之心動，「落桐」、「冥滅的燭火」……，愁予造境的優雅，很容易使讀者在觸及他的詩句時，瞬間跌入詩境裡。愁予的情詩一直被讀者傳唱不已，良有以也。

一般讀者在閱讀鄭愁予的情詩時，很容易「陷」入詩境，往往也就忽略了其意義，或者說，愁予想要在詩裡傳述的理念，反而變得不重要了；當然，讀者有理由不去搭理詩人的意圖，但作為解讀者，仍然有必要為讀者梳理出詩的內涵與結構。

寫〈當西風走過〉時的鄭愁予只有二十三歲，我們有理由相信這首詩不一定真的是「強說愁」。它反映了少年愁予對愛情的浪漫觀點（當然，這中間沒有是非對錯）。

鄭愁予在這首詩裡想像自己已進入老年，以一個靜默（可能還有點悠閑地坐在搖椅上）的老人回想一段年少的時光，那時光正熱衷於追求愛情，而此刻，才猛然發現，年少的愛情，就如秋天的風吹過（西風象徵著秋天），除了「吹熄我的蠟燭」，吹落了幾片「梧桐」之外，事實上，是沒有留下多少痕跡的。

「徒留一葉未讀完的書冊在手」，又因吹熄了燭火，而「使一室黝暗，反印了窗外的幽藍」。

最末句如同是愁予的「愛情觀」，他認為年少時光所追求的所謂愛情，在一生中，往往是一種「演練」，不見得（或多半不會）有什麼樣的喜劇結局（即可以留下的痕跡），老年時再次回想，恐怕不過是徒增感嘆罷了。

上面一段，是我解讀〈當西風走過〉的成果，未必最正確，但我相信，讀者當中必然有許多人擁有相同或類似的經歷，年輕時候，對愛情的嚮往甚至「盲目」追逐，在在都增進了年長後回憶的深沉。

所以，愁予以「西風」為詩的主要喻依，而以「晚景的情愁」作為其喻旨。

值得注意的是，西風，本就是「秋風」之意，《漢書・律歷志》提到「西風」之「西」的意思：「西，遷也，陰氣遷落物，於時為秋。」

而「秋風」又是引動「愁緒」的根源。在《楚辭・九歌》裡，屈原便寫道：「帝子降兮北渚，目渺渺兮愁予（按，會是鄭愁予名字的由來？）。嫋嫋兮秋風，洞庭波兮木葉下。」

秋風吹落葉，看在善感的詩人眼裡，想必不會太愉快，所以，到了宋玉的《九辯》裡，便點出了「悲（愁）」這個主題了：「悲哉！秋之為氣也。蕭瑟兮！草木搖落而變衰。」草木變「衰」，即使對大自然而言，也非欣欣向榮的徵象，那麼，再轉個彎，這「愁」的深層意義便出來了。

以至於，歷來寫詩提到「西風」一詞的，總不會很快樂，例如「西風吹老洞庭波，一夜湘君白髮多。」（唐溫如〈題龍陽縣青草湖〉）、「畫樓月影寒，西風吹羅幕。」（李存勗〈一葉落〉）、「記得去年今日，依舊黃葉西風。」（晏殊〈清平樂〉），甚且連散曲趙慶禧寫曲時也不例外：「何處哭西風，小心窩醋味如潮湧。」（〈雜感〉）……鄭愁予的〈當西風走過〉自然更不會例外了。

讀完「年老」的鄭愁予的愛情觀之後，對「年輕」鄭愁予的「情詩」詮釋，又是另一番況味。

〈如霧起時〉的鄭愁予，想必是沉醉於「熱戀」中的。

這首詩有一個特點，用的「比喻」（包括明喻和暗喻）相當多，若連同「如霧」的明喻在內，起碼用了九個，其中，詩人又用了七個比喻來寫他的「情人」，而且寫得很精彩、動人，令人不禁為愁予的「素描」功力之高深深拜服。

如果不懂得鄭愁予在這首詩裡用了那麼多的比喻，便只能迷失在其意象的航道，而難以體會詩的技巧。

「我從海上來，帶回航海的二十二顆星。」乍看之下，會奇怪為什麼是「二十二」，不是「二十三」、「二十四」……，其實，很簡單，寫這首詩的鄭愁予正是二十二歲，他正對著「情人」說著甜言蜜語；第二句輪到那位情人出場了：「你問我航海的事兒，我仰天笑了……」

笑什麼？

一個急轉彎，鄭愁予便將「航海」的「事兒」，與那位「情人」勾搭在一塊。「如霧起時」，指的大約是兩人有了爭執之後，「我」不懂「你」的心，「你」在想什麼，對「我」而言，彷彿航行在迷霧中那般，「我」必須敲著叮叮的聲音來找航路，必須尋找燈塔的光：

敲叮叮的耳環在濃密的髮叢找航路；
用最細最細的噓息，吹開睫毛引燈塔的光。

這「燈塔的光」又可引申成「眼神」，從這兩句我們還可以發現，或者說再次證明了，愁予善於製造「音響效果」，如我們在討論〈情婦〉一詩時曾帶出的那首〈十槳之舟〉：「輕……輕地划著我們的十槳」一樣，在這裡，用「叮叮」模擬「耳環」敲動的聲音，而「最細最細的噓息」中的「細」、「噓」、「息」又把聲音拉慢拉低，唸起來恍若耳鬢廝磨般的細小，會令少女讀者為之傾倒。

類似的「音響效果」在愁予的詩裡並不少見，像〈天窗〉的「源自春泉的水已在四壁間蕩著／那叮叮有聲的陶瓶還未垂下來」，〈窗外的女奴〉的「它會是墓宮中藍幽幽的甬道……」，〈右邊的人〉的末段兩句「落蓬將是一片黑暗，將向下，更下／將我們輕輕地覆蓋」等等，都是明顯的例子。

第二段，看似謎語，不過，經由第一段的解釋，當讀者知道了鄭愁予「藉航海的事兒素描情人」的企圖之後，大概也能猜到這一段在寫什麼了：

赤道是一痕潤紅的線，妳笑時不見。
子午線是一串暗藍的珍珠，
當妳思念時即為時間的分隔而滴落。

所謂「一痕潤紅的線」，指的就是紅色雙唇緊閉時的那條線，「笑」的時候，嘴唇張開，那條「潤紅的線」自然就「不見」了，而「子午線」則是緊閉的眼線，流出的眼淚，正是詩人比擬的「暗藍的珍珠」，當「你」思念時，那眼淚便會為「時間的分隔」而滴落下來。

將情人的「嘴唇」與「眼淚」分別形容成「赤道」與「子午線」，不但扣合了航海的「表面意義」，又暗示了對情人的愛與不捨，令人喜愛。

末段，鄭愁予又技巧地反轉了回來，彷彿在對「她」說：「我從海上來，你不是要問我有關航海的事兒麼！」哎！其實根本就無需我說，因為啊！你自己擁有的『海上的珍奇』就太多了……」有哪些「珍奇」呢？你瞧：

迎人的編貝，嗔人的晚雲

「編貝」就是「皓齒」，而「晚雲」即是那會隨著心情而變幻的「容顏」，這些都是值得珍愛的「海上奇寶」。當然，也有「使我不敢輕易近航的珊瑚的礁區」，那「珊瑚的礁區」便是存在於每對情侶中間各種不同的小齟齬或爭吵了吧！這部分，只能說「如人飲水，冷暖自知」了。

這樣詮釋下來，讀者會猛然大悟，哦！原來這首詩要表達的，不過就是這些嘛！稀鬆平常的事，愁予寫來，便能賦予新的意義，這是愁予詩風不但能令詩評家拍案，也能飲譽讀書界的重要因素。但，或許也因了愁予在賦予平凡的事物以新的意象，又往往因為這意象太「新」了，使得他的詩（特別是較後來的作品）常給人「需要讀之再三」才能稍稍體會的印象。例如作於一九六三年的長詩〈草生原〉，由於意象繁複，連楊牧在〈鄭愁予傳奇〉裡也不得不說：「這首詩竟亦脫離了一貫的愁予風格，使不困難的愁予偏向了困難。」可是，一旦我們知道〈草生原〉裡不斷出現的「靚女」，指的就是「妓女」，寫的正是那些鎮日只能躲在陽光照不見的陰暗角落的可憐妓女時，這首詩可能就成了「不困難」的詩了。

我們不能不承認，鄭愁予在安排意象的技巧是相當活潑的，正如黃維樑在《怎樣讀新詩》（五四書店）一書中賞析〈如霧起時〉說的：「人類的情詩寫了幾千年，能夠像〈如〉不落俗套，別出心裁的，為數不會太多，詩中有聲音、有線條、有顏色、有哀樂。線條有縱有橫，顏色有紅藍黑白，情人有哭、有笑的時候。詩意精純凝煉之中，有多姿之美。」

的確，「不落俗套」、「別出心裁」正是掌握鄭愁予風格的兩個重要依據。

詩歌 | 賦別

賦別

這次我離開你，是風，是雨，是夜晚；
你笑了笑，我擺一擺手
一條寂寞的路便展向兩頭了。
念此際你已回到濱河的家居，
想你在梳理長髮或是整理濕了的外衣，
而我風雨的歸程還正長；
山退得很遠，平蕪拓得更大，
哎，這世界，怕黑暗已真的成形了……

你說，你真傻，多像那放風箏的孩子，
本不該縛它又放它
風箏去了，留一線斷了的錯誤；
書太厚了，本不該掀開扉頁的；

沙灘太長，本不該走出足印的；
雲出自岫谷，泉水滴自石隙，
一切都開始了，而海洋在何處？
「獨木橋」的初遇已成往事了，
如今又已是廣闊的草原了，
我已失去扶持你專寵的權利；
紅與白揉藍與晚天，錯得多美麗，
而我不錯入金果的園林，
卻誤入維特的墓地……

這次我離開你，便不再想見你了，
念此際你已靜靜入睡。
留我們未完的一切，留給這世界，
這世界，我仍體切地踏著，
而已是你底夢境了……

賞析

最是難堪「賦別」時

不知為什麼，在中國古往今來所有的情詩裡，盡管飽含了各種筆法和風格，我們看到的，多半是詩人對愛情的歌頌、對情人容貌的描寫，牽涉到傷感一面的，絕大部分是「悼亡」（如李商隱的名篇），或因空間的阻隔而生的「離愁」（特別是在邊塞詩和閨怨詩中），卻少見因「失戀」而寫的「情詩」。大概是因為，一般觀念裡，既然分手了，就沒啥好說的，沒必要再去寫它；另一方面，這分手，可能還是自己被「甩」了，寫出來多尷尬哪！

雖然現代詩的寫作題材，由於形式的解放，格律、音韻節奏的被打破，也跟著拓寬了出來，但，寫「失戀」（尤其是寫自己的「失戀」）的詩作仍然不多見，鄭愁予這首〈賦別〉不曉得是不是唯一一首，不過，我相信，它是最令人回味、最耐讀的一首。

這首詩與鄭愁予的其他情詩不太相同的地方，除了它以「失戀」做為主要的敘述主題之外，它並不以「造境」取勝——當然，第一段以「山」以「平蕪」搭配「黑暗」的場景也很淒美，但整體而言，〈賦別〉是以其強烈的「音樂性」擅場，楊牧在〈鄭愁予傳奇〉一文點出「〈賦別〉……以末段呼應首段的結構來完成一首詩的有機性……」，事實上，這種「（前後段）呼應」即是音樂性的表現。

如果讀者有興趣為這首詩每句的末字填上其韻腳（以國語），會發現〈賦別〉雖沒有嚴格意義上的押韻，但卻有一些「天籟的韻腳」（楊牧語）隱藏在其間。以首段言，楊牧提到：「愁予故意在第三行下以『了』收煞，使『手』『頭』的牽強類韻消滅，卻又讓第四行的『家居』和第五行的『外衣』押韻，造成詩人一手左右宇宙的氣勢，讀者也不得不感到耳醉目迷。第六行以『而』字開端，隱約指示一思維的停頓復行，第八行以感嘆的『哎』字始，〈賦別〉第一段的回轉奔流，都在這情感的放鬆裡造成架勢。」（見《鄭愁予傳奇》）

末段開頭又故意重複了首段的開頭：「這次我離開你」，除了其強烈的「音樂性」（複沓效果）之外，無形中，又再強調了「離開」這一「主題」，等於是「暗示」了讀者：這場戀愛是「失去」了、結束了，「不再想見你了」正是一種決絕的語氣。

此外，在〈賦別〉裡，愁予仍展示了其一貫優美的象徵技巧，一首詩的耐讀與否，與這一層次有著絕妙關係，當然，「音樂性」更增強了這種功能，舉例來說，第一段，我曾在前頭提到造境優美的地方：

山退得很遠，平蕪拓得更大，
哎，這世界，怕黑暗已真的成形了……

值得注意的是，「山」這個意象。

除了「五嶽記」一系列登山後所寫的山之外，「山」在鄭愁予藝術的理念上，原有著「回歸」的意義，相似的例子還有〈山外書〉的「不必為我懸念／我在山裡……／我底歸心／不再湧動」，〈山居的日子〉的「自從來到山裡，朋友啊！／我的日子是倒轉了的；／我總是先過黃昏後度黎明。……／唱啊！這裡不怕曲高和寡」，乃至〈清明〉中「我要回歸，梳理滿身的植物／我已回歸，我本身仰臥的青山一列」等等。

於是，我們知道了，山的「退遠」（平蕪自然就拓大了）與「黑暗的成形」，在在都反映了〈賦別〉裡的主人公無法真正「回歸」的苦悶，「哎」字有傾洩此苦悶的意味。

第二段的象徵句法，多到讓人眼花撩亂，大體上，這段主要是寫詩中主人公的「懊悔」，但在懊悔中，他又試圖逼自己「看透」一切。古遠清在其編寫的《台灣現代詩賞析》（河南人民出版社）中賞析〈賦別〉一詩時解釋這段前三句：

你說，你真傻，多像那放風箏的孩子，
本不該縛它又放它
風箏去了，留一線斷了的錯誤；

「這次分手，源於那位負心女子玩弄自己的情感，說什麼『風箏去（按：《台》書誤為『斷』字）了，留一線斷了的錯誤』。她哪裡知道，自己的情感已被她的絲線牢牢牽住，這就像是泉水滴自石隙，怎麼能阻擋它奔向愛情的大海？」古遠清這一段詮釋頗傳神，很具可看性。但，了解愁予的象徵功夫，我們還可以再從另一個角度來看。

詩中的「你」（姑且說她是「負心的女子」好了）藉「風箏」來類比主人公對愛情的態度，「不該縛它又放它」，大概是指愛情本來不應該是相互牽制、彼此約束的。可是，這主人公又做得太過了，太放任這女子了，搞得這女子「劈腿」……這樣一來，「我已失去扶持你專寵的權利」便得到合理的解釋了，因為，我們可以看出：這中間有「第三者」存在。

那麼，「書太厚了，本不該掀開扉頁的；／沙灘太長，本不該走出足印的」，顯然正是這「負心女子」的敷衍之詞（託詞）了。想想，「書」是否厚到不能讀完？總得先揭開扉頁再說吧！「沙灘」是否長到不能走完？也得先走出「足印」才知道吧！任何一樁感情，原本就沒有該不該的問題，我們盡管用盡心力，所得到的，可能只是一場教訓而已。雖然我們希望結局是喜劇，但我們依舊沒有絕對把握，不是嗎？

於是，誰對誰錯，乃至關涉到道德上的諸般問題，在感情的過程中，都已是細枝末節了。常聽人（特別是「感情專家」）說：「真正的情感，重要的不在結局，而在過程。」其中宣示的，無非也是同一個道理。

因此，便不奇怪「紅與白揉藍於晚天，錯得多美麗」，在詩中不會顯得「不搭調」，更不必說這可能是主人公阿Q似的自我安慰，因為，以下的兩句就足以說明一切：

而我不錯入金果的園林，
卻誤入維特的墓地……

敘述者（speaker，使用這詞，希望能兼合詩作者與詩中主人公的意義，因為這兩者雖不同，在某種程度上又是相匯通的。）也已承認，他仍然無法瀟灑地踏出愛情的範圍，與你（這負心女子）的相遇相識相愛，雖然「失敗」，但畢竟我擁有了這段「過程」。

再看到末段時，「這次我離開你」就不像是首段的「是風，是雨，是夜晚」那樣「淒風苦雨」了，而是很平靜地「便不再想見你了」，這不想見，是緣自於第二段的悟解，「錯得多美麗」的「美麗」的深意，感情，雖然有些缺憾，但不令人感到遺憾，這才是真諦。

所以，當我們再順著這層意思默念下來時：

這世界，我仍體切地踏著，
而已是你底夢境了……

又可明瞭，現實（世界）與夢境，總是存在人的一念間，「我」在分手之後，便已是「你」夢境的一部分了（話說回來，「你」又何嘗不是「我」夢中的一部分），那麼，先前為這「失戀」而生的苦楚，在這裡也該消解了許多。所謂「賦別」，說穿了，其實也不過是一個過程的結束，同時預示了另一個過程的開始。

在結束這篇賞析文字以前，必須再提醒讀者注意每一段的末句，會發現鄭愁予是以刪節號「……」收尾，前兩段有押輕聲韻的效果，末段，則還加有「欲言又止」的效果：當現實中的「賦別」使得「我們」之間過往的一切都成了「你」的夢境之後，「你」醒來是明日天涯，「我」仍然要踏上「我」生命的路程，繼續另一段（愛情的）旅程，留下「你」的「笑」，「我」的「擺手」，去面對兩頭「寂寞」的方向。

至於這即將開始的過程是什麼？還用說嗎……

前言——頻說上深部評誦輯維幕旁／110

詩歌 | 夢斗塔湖荒渡

夢斗塔湖荒渡

亂冰擁在東南沿岸
一片大白的湖水在西北
最無奈的季節是尚封未封
雉鼠也難踏越
而欲渡無渡
舟楫臨冬就已冷置

如果我們順左手起旱走下去
沿著衰柳的長灘
橫跨許多半島的小徑
三天以後，或能走到蠻諾達的通商區
而這卻不是

我們的
跋涉的目的…………

我們要向正北，那磁光指引的地方
我們要把先人的骸骨
攜歸，或是尚未成年的童稚的骸骨
是在一個狩獵的練技場上
突然去世的…………

行進，骸骨裝在
皮鼓內……而不
擊響，而不述說悲傷
直到，周圍環立著參天的丘塚
那兒，我們坐下——擊鼓……

「為什麼遷到湖的南方
我們注定了遙遠的死亡……」

這樣的歌，我們唱著
無論是老年或是少年
也反覆地
唱著

後記：傳說，三百五十年前，當時殖民北美的新法蘭西總督錢普藍（Champlain）夢想循由美洲大陸西北尋訪中國，乃派探險家金・尼古雷（Jean Nicolet）和他的伙伴泛密西根湖西渡，登陸地即今之威斯康辛州綠澳（Green Bay）。有九千湖泊的威斯康辛雖被發現，探險活動卻受阻於印地安部落。夢斗塔（Mondota）因印語得名，是陌地生城（Madison）四湖之一，每年我與梅芳及孩子們必到老友沈均生、周康美夫婦位於夢湖西南方彌度屯的居處盤桓。一九七八年冬與均生對飲於湖畔酒肆，感嘆「夢族」原徙自北方亞洲平原，今已不知所終，僅於丘塚（Indian Mounds）處處。時間淘盡生靈？而我輩設居陌地，卻連聚骸的沙塚都無。夢斗塔湖，其南岸雖有威斯康辛大學絃歌不輟，于我卻是原始荒涼的。均生長子是年初以百日之齡而夭，令人對生息之理益加茫然。藉此詩以紀念稚子之夭殤。（一九七九年春於康州北窩）

賞析

浪子意識的變奏

這首〈夢斗塔湖荒渡〉選自洪範版《燕人行》。

在《燕人行》詩集的褶頁上曾有這樣的介紹：「此書為鄭愁予十五年來第一本新詩集……勾畫詩人最近的藝術面貌。……《燕人行》則代表詩人出國後，沉潛復出所制的新體式和新感性，以他驚人的才情抒寫北國燕人浪跡異鄉的風塵，長歌浩嘆，短詩低吟，無不人情充沛，爐火純青。顯示自一九六五年（《燕人行》出版於一九八〇年）以來，鄭愁予在讀者心目中有一大片空白。事實上，在一九六五年創作了〈邊界酒店〉之後，鄭愁予的詩作大大減少，幾乎形成了一個斷層。

再次復出，再次出版詩集時，愁予詩風大幅度變了，變得讓喜愛鄭愁予的讀者幾乎認不出來，蕭蕭在一篇題為〈粗獷與柔婉——談鄭愁予〉的文章中曾提出《燕人行》不同於早先輯錄的《鄭愁予詩集I》（洪範版）的幾個現象：「那就是，附註、附記事、附解、附自序、後記的地方特別多，這說明了一件事實，鄭愁予與我們之間有了一段距離，他不自附說解，我們無法初步了解他詩中的字面意義，這段距離其實也是鄭愁予與異地之間的『精神距離』，人在異地，鄭愁予時時以一個北地中國人的姿態醒著……」（文史哲出版社，一五三頁）

加入了註解、後記，是否就有助於讀者對詩的理解或感覺呢？蕭蕭的看法有他一定的道理：「那種隔的感覺仍然存在，因為我們無法全然掌握其人其地之特性，那種溝通後的激蕩情緒，當然不如直接來自詩文的激盪。」（前揭書，依六〇頁）

當然，後記也並非完全沒有它的功能，它有助於讀者了解作者在創作詩篇時的背景、環境乃至心境，而附註、附解，特別對於一些難解或不常見的字詞，可先讓讀者了解作者的原意，不至於太過曲解，但其缺點則或許是，一讓讀者（充分或不充分）了解了作者的創作初意，那麼，可讓讀者參與「創作」的空間便縮小了很多，於是乎，羅蘭・巴特竭力要作者從作品中退出的美意便被完全打破；不過，習慣依作者的創作思路去閱讀文學作品的讀者，自然不必在意了。

〈夢斗塔湖荒渡〉的詩末也附了三百字左右的〈後記〉——如蕭蕭提出的「《燕人行》現象」，這篇不算短的「後記」，愁予為讀者提供了兩個訊息：一是金・尼古雷的探險事蹟，時間淘盡生靈之感慨也是緣此而生、二則是悼念沈均生長子之夭殤。

如果我們回溯原詩，會發現金・尼古雷的探險事蹟基本上是獨立於〈夢斗塔湖荒渡〉一詩之外的，詩人的思維也並未沿著探險家的足跡前進。在詩中可以表現出來的，唯有悼念稚子之夭而已，而藉此，仍然可以聯繫到「時間淘盡生靈」之感慨的，其間，「為什麼遷到湖的南方／我們注定了遙遠的死亡……」是一個重要的橋樑，從悼亡過渡到感慨時間的無情，都在這裡化為隱喻的意符。

令人遺憾的是，讀完〈後記〉，再從頭讀起，仍然不知道第二段提到的「蠻諾達的通商區」是什麼地方，但，鄭愁予在這三行巧妙地「避開」了讀者可能的質疑：

而這卻不是
我們的
跋涉的目的…………

這首詩最精彩、最意味深長的部分是在第三段以後。「我們要向北方，那磁光指引的地方／我們要把先人的骸骨／攜歸，或是尚未成年的童稚的骸骨」一出，所有異鄉的況味（可能尚包括有寂寞、風霜、思念……）都隱約浮現。

對於喜歡從作品去了解與作品相關資料的讀者而言，接下來兩句會傷透腦筋：「是在一個狩獵的練技場上／突然去世的…………」看過此詩〈後記〉的，當然會立刻聯想到「去世的」，是才百日之齡的均生長子，但卻不知為什麼「突然去世」在「一個狩獵的練技場上」。固然這無礙於本詩給人的感動，但，雖有〈後記〉提到夭殤一事，卻未提如何夭殤，只在詩中提到「地點」，多少有些缺失。

當然，詩人在〈後記〉裡無暇顧及全部的創作背景是可以理解的，那麼，我們仍願相信蕭蕭的觀點：「那種溝通後的激盪情緒，當然不如直接來自詩文的激盪。」特別是對於這首〈夢斗塔湖荒渡〉而言，當你讀到第四段，即使沒有〈後記〉作嫁，一樣會與鄭愁予有同樣的悲懷和浩嘆：

行進，骸骨裝在
皮鼓內……而不
擊響，而不述說悲傷
直到，周圍環立著參天的丘塚
那兒，我們坐下——擊鼓……

在「周圍環立著參天的丘塚」的地方，「我們」持起裝有（童稚或先人的）骸骨的皮鼓，沉默（按，這是筆者根據詩意延伸出來的意象）地「坐下——擊鼓……」，這種面對時間的高亢與悲壯，想必不亞於當年燕太子丹在易水邊送別荊軻時所吟出的那兩句「風蕭蕭兮易水寒，壯士一去兮不復還」吧！

愁予造境的功夫，在這一小段裡也展露無遺。也就是因為有了這一幕悲壯（悲涼）的境界，當我們讀到「我們注定了遙遠的死亡……」，才能感同身受的為之心悸。那麼，在「這樣的歌，我們唱著／無論是老年或是少年／也反覆地／唱著」之後，便又與前段「坐下——擊鼓……」（刪節號的運用正暗示了「擊鼓」的複沓）的意象掛了勾：不斷地擊鼓、不斷地唱著「我們注定了遙遠的死亡」，事實上，其效果正是愁予在〈後記〉裡提到的：令人對生息之理益加茫然（這當然還是引申義而已）。

雖然後記、註解的使用必要與否仍然有待思考與辯證，但，從這首詩我們一樣可以看見鄭愁予「造境」功力之深厚，令人贊嘆，這或許是鄭愁予的詩歷久彌新的原因吧。

詩歌 | 密西西比源頭

密西西比源頭

我踏入
一道淺露卵石的
流水

這一泓清新
像剛剛洗出的照片
一張才三天大的
張望著海洋的
娃娃臉

抬頭果見
一株古木上刻著

密西西比
奔流墨西哥灣
二千二百五十二哩

我吃驚地記起
那年
母親指著
一張淺藍的照片
說
你看
這是啊才三天大的你呢

真快
一條河
已奔過中游了

兩岸的蘆花正白
正好。期期地
過了阿肯騷
而紐澳良的樂天爵士
應該是
隱約聽到的

孩子們跟著踏進這
源頭
我從路易安那
向回張望
倒影仍在一路
嬉戲著，仍是山高
月小，桅出
鷗沒。像我

一年一年地剪著長髮
一寸一寸地流著浪的
這條河
載著帝娃的
笑聲，和
孅娃追問人生那麼認真地
追問
這稚弱的流水
真地就是那
密西西比河麼？那
童話中的，魔力無邊的
密西西比河麼？

補誌：一九六九年秋，梅芳帶著兩個孩子嫰娃、帝娃來愛荷華團聚。翌年夏，我應聘到明尼蘇達大學短期教書，舉家又臨時遷居「學生城」。那是我戶外活動最多的一個夏季。明州為古代冰河地區，面積十畝以上的湖泊有一萬五千個。每個周末，我們便向北開車，專揀湖山勝處流連、露營。一日，我們循圖找到兩片小湖，在高大的娜威松之間，一道淺流破岸而去，這便是大河密西西比的源頭了。一九七九夏末，又在愛荷華「待吻坡」（Davenport），密西西比河上泛舟，與戴天、翱翱、歐梵諸友多年不見，不禁開懷暢飲，各浮數十大白。微醺之下，屈著笨重的指頭算算時日，又不禁一陣感慨。如以此河比擬人生，我初遊美的那年，年歲正相當於過了待吻坡，而到那與密蘇里河匯合的聖路易斯，一個水旱交接的碼頭。如今呢，當已涵容了阿肯騷，奔向路易斯安娜了……坦坦蕩蕩地奔著，不復淺唱，無緣激越，時間造物倒也真是有趣的很哩。

——一九七九秋初志於北海汶

賞析

流不斷的生命之河

在一九九〇年六月出版的《現代詩季刊》復刊第十五期中，有一篇由莊美華整理的鄭愁予演講稿〈詩人在詩中的自我位置〉，文中大體揭示了鄭愁予的詩觀和寫作觀。一開始他便提到：「大凡一首詩的完成，通常是由兩個有機體組合而成，一部分是詩人的自然經驗，另一部分是詩人的人文構思。」其中，「自然經驗」大約指「詩人的實際生活、經歷、閱讀、觀察、記憶……」，而「人文構思」範圍更廣，包括詩人對人生的看法，即所謂的人生觀；對宇宙的看法，即宇宙觀……」而在論到這兩者間的互動關係時，鄭愁予的看法頗值得參考，引述如後：

孔子曾說詩言志，而不是詩抒情，詩言志是強調人文構思的部分，但是一首詩中，很少乾巴巴的只有人文構思……正因為如此，後來的文人就把抒情轉變成一種自我激勵和激勵他們的力量，在抒情的同時，不忘抒情的功能。……作者必須要有一種和讀者溝通的管道，這種管道就是自然經驗，也就是感性。當我們讀一首詩的時候，如果讀者和作者之間沒有相同的自然經驗，雖然讀得懂，但我們會覺得這首詩是一首說理的詩，那麼，呼應和共鳴就比較弱；如果能有共同經驗，這首詩就能與讀者產生更大的作用。

自然經驗與人文構思，其實也正是愁予詩風格的一貫基調，但不同於早期作品《鄭愁予詩集I》的是，由於遠離了大中國（包括大陸與台灣）的故鄉，《燕人行》（即本詩出處）更多了一份對人的關懷，特別是對「故人」、「老朋友」的繫念，這其中也含有對「過去的自己」的緬懷，〈夢斗塔湖荒渡〉是個典型的例子。因為一稚子的夭殤聯想到「遙遠的死亡」，那麼（遠離故土的）「我」的定位便成了耐人咀嚼的問題，這首〈密西西比源頭〉又呈現了另一個典型。

先看第一段，鄭愁予以遊記的手法切入：「我踏入／一道淺露卵石的／流水」，看似散漫的筆法，卻因流水的「淺露卵石」而帶出了身為重點的次段：「這一泓清新／像剛剛洗出的照片／一張才三天大的／張望著海洋的／娃娃臉」，在這裡，詩人已暗示了讀者，他把密西西比河的流程與人的生命掛了勾。但是，如果只打算在詩裡頭找印證，並不容易，直接的辦法，是看詩後面的〈補誌〉：

> 如以此河比擬人生，我初遊美的那年，年歲正相當於過了待吻坡，而到那與密蘇里河匯合的聖路易斯，一個水旱交接的碼頭。如今呢，當已涵容了阿肯騷，奔向路易斯安娜了……

這就很清楚了，為什麼鄭愁予要把密西西比源頭說成是「三天大的娃娃」了，那娃娃的臉張望著「海洋」，彷彿正是現實裡襁褓中的嬰兒，正手舞足蹈地盼望長大似的，令人感到欣悅。

這樣，第四段的出現就不致太過突兀了：「我吃驚地記起／那年／母親指著／一張淺藍的照片／說／你看／這是啊才三天大的你呢」，既是「吃驚地記起」，顯然，這一切都是短暫的記憶，所以，第五段前三句「真快／一條河／已奔過中游了」，正恰好暗喻了此刻的年歲（寫此詩時的鄭愁予是四十六歲），盡管現實中的詩人還在明尼蘇達州，密西西比河的源頭處。

接下來，我們看到詩人的想像（即大河的流程）已「過了阿肯騷（Arkansas）」，再經過一州路易斯安娜（Louisiana）就要注入墨西哥灣了。那麼接下去一大段的開首不就正暗示了生命的傳承：

源頭

孩子們跟著踏進這

「我從路易安那／向回張望」與孩子們的進入生命流程，形成了一個絕佳的對比，對比中又隱隱透露著詩人的寄望（或期許）。

如果我們攤開美國地圖，尋溯密西西比的流域，會發現一個與這首詩相關的有趣現象：當密西西比河流到密蘇里州邊界的地方，與其主要的支流——密蘇里河「相會」，同時形成密蘇里州和伊利諾州的交界，再順流而下，奔向墨西哥灣……如果照愁予的「計年」方式推算，大概在兩河交會之處也是鄭愁予與其夫人梅芳女士結婚的日子了吧！

此外，還值得注意的是，這首詩的末段也反映了隱藏在鄭愁予意識中的「流浪意識」，否則他不會寫出這幾句：

……像我
一年一年地剪著長髮
一寸一寸地流著浪的
這條河

「流浪的河」其實就是詩人心境的投射。其中，「一寸一寸地流著浪的」可以理解，一般讀者對「一年一年地剪著長髮」的河恐怕就不容易了解了。在這裡，引用馬克吐溫在其名著《密西西比河上的生活》（Life On The Mississippi）第一章介紹密西西比河的一段話想必是需要的：「這條河還有一個顯著的特徵：越到河口，河面不但不加寬，反而越來越窄，越來越深。從俄亥俄河會流之處到入海的一半地區，即使滿潮的時候，平均寬度也不過一公里左右；從那裡到入海口，寬度更是次第縮小，一直到河口上面的『狹道』，不過半哩多一點兒，在俄亥俄河的會合處，密西西比河的深度是八十七呎，隨後便逐漸加深，在距河口不遠處，就達到了一百二十九呎。」（齊霞飛／譯，志文出版）

以「剪髮」暗喻河道近入海處的「變窄」就很清楚了，但也別忘記，人的智慧也是隨著年齡的增長而「越來越有深度」的！

末尾兩個小孩的問題，無論從河的源頭或生命的流程的起始點來看，都很合情合理。小孩眼目所及只是「一道淺露卵石的／流水」，自然會感到訝異，這身為世界第二大流域的密西西比河（第一則是南美的亞馬遜河流域），怎麼竟是「稚弱的流水」呢？又如何解釋童話（或許多傳說）中那魔力無邊的大河呢？

面對這樣的「追問」，愁予怎麼回答，詩裡並沒有明說（這顯然是保留給讀者的想像空間），但我猜想，當時的愁予大概會先怔住，而後搖搖頭笑說：「以後你們就會明白啦！」

那麼，親愛的讀者，你也明白了嗎？

詩歌｜山鬼

山鬼

山中有一女　日間在一商業會議擔任秘書
晚間便是鬼　著一襲白紗衣遊行在小徑上
想遇見一知心的少年　好透露致富的秘密給他
也好獻了身子　因為是鬼
便不落什麼痕跡

山中有一男　日間在學校做美術教員
晚間便是鬼　著一身法蘭絨固坐在小溪岸
因為是鬼　他不想做什麼
也不要碰到誰

兩個異樣心思的山鬼我每晚都看見
所以我高遠的窗口有燈火而不便燃
我知道他們不會成親這是自然的規矩
可是，要是他們相戀了……
一夕的恩愛不就正是那遊行的霧與不動的岩石

賞析

兩隻惹人憐愛的鬼

或許由於某種不可言說的忌諱，也或許是因了「子不語（怪力亂神）」的儒家傳統，以「鬼」為主題的詩篇，在中國詩歌史上一直很少，在現代詩裡頭也不多見；當然，很少、不多見，並不代表沒有，例如較早期的，可推溯自屈原的《九歌・山鬼》；在唐詩裡，被譽為鬼才的李賀則是寫「鬼詩」較具知名度的，讀他的〈秋來〉會令人嚇得「發抖」：

桐風驚心壯士苦，衰燈絡緯啼寒素。
誰看青簡一編書，不遣花蟲粉空蠹。
思牽今夜腸應直，雨冷香魂弔書客。
秋墳鬼唱鮑家詩，恨血千年土中碧。

詩中用「桐風驚心」、「衰燈絡緯」、「雨冷香魂」與「秋墳鬼唱」四個意象共同構建出一個「幽冥」的世界，再搭配「恨血千年」，更教人對此一幽幻世界「不寒而慄」。

李賀在寫鬼方面，確有一套，尤其是在渲染那陰森淒慘的氣氛時，例如「南山何其悲，鬼雨灑空草……漆炬迎新人，幽壙螢擾擾」（〈感諷〉）、「桂葉刷風桂墜子，青狸哭血寒狐死。」（〈神絃曲〉）、「百年老鴞成木魅，笑聲碧火（按，即鬼火）巢中起。」（〈神絃曲〉）等。

到明朝，江南四才子之一的徐渭（紹興人）也是擅長塑造「鬼境」的，例如他的〈夜宿丘園〉：「老樹拿空雲，長藤網溪翠，碧火冷枯根，前山友精祟。或為道士服，月明對人語，幸勿相猜嫌，夜來談客旅。」即是，原本是一極單純的行旅路程（這首是徐渭三十五歲時從紹興去福建順昌的途中寫的），他卻把周圍的風景「想像」成有鬼火在枯樹根旁浮動著，前山彷彿有許多隻鬼聚在一起，惹得那穿道士服的人還得向他解釋：「拜託你別把我也看成鬼了，我只是想來與你聊聊天而已！」

李賀與徐渭，信不信，或是否看過世間有鬼，很難講，但他們在人生歷程上卻有許多坎坷則是事實。

李賀雖有皇家宗室的名義，但由於譜系較遠，並未得到庇蔭，甚至還因他父親名「晉肅」，「晉」與「進」同音，元稹等人便極力反對他考「進士」，以避父親名諱，搞得他仕途坎坷、窮困潦倒，而致體衰多病。

徐渭三十多歲時，家道衰落、愛妻亡故，再加上屢試失敗，而致生計無著、四處漂泊，在這樣的境況下，李賀、徐渭對世事人間感到失望是可以理解的，而反映在他們筆下的詩世界會變得如此陰森、鬼怪與幽寒，恐怕也是其來有自的了。

在現代詩中，鬼詩也不多見，印象中，羅青、羅智成、苦苓、徐望雲都寫過（記憶所及，或有掛一漏萬），但通常他們以「鬼」為主題的詩，只見於他們較早期的詩集。例如徐望雲寫於一九八二年的〈鬼域〉，描寫黑夜海上的鬼船：

無星，無月，波浪猶自拍打的
是無人掌舵的船，慢慢朝燈塔的方向
搖搖晃晃地划過去

很單純的寫「幽冥」，盡管可以看見「畫面」，但很難看見「故事」，顯示年輕詩人在發軔寫詩時嘗試各種題材的精神。但是，像鄭愁予這首〈山鬼〉寫於他早已成名後的五十一歲，頗為罕見。

這首以「鬼」為題材的詩，在目前鄭愁予可見到的所有作品中，也是「僅此一首，別無分號」。

寫〈山鬼〉詩的鄭愁予，其生活狀況，應是不同於寫〈秋來〉的李賀與寫〈夜宿丘園〉

的徐渭的——當然是好多了，所以，我們在這首詩裡，看不到對人世的怨懟，看不到與「鬼魂幽冥」相關的詞句（如「鬼火」、「淒慘」、「血」、「陰風」等等），我們看到的，其實是「愛情」的變形。

鄭愁予在詩中仍然發揮了其高度的「聯想力」和「造境」功夫，將「遊行的霧」與「不動的岩石」之間原本毫無關聯的自然現象轉化（當然得靠高度的聯想力）成兩個男女山鬼的「有情關係」，不但不會讓讀者有「恐怖」的感覺，甚至讀了還會有「溫馨」的感覺。

那兩隻鬼也有其「可愛」的一面，如女鬼在晚間，會「著一襲白紗衣遊行在小徑上／想遇見一知心的少年　好透露致富的秘密給他／也好獻了身子　因為是鬼／便不落什麼痕跡」，這女鬼顯然知道自己是「鬼」，才不想落痕跡，卻又想像凡人一樣，可以為心愛的人（少年）「獻身」……原來這女鬼不但不恐怖，還是「多情鬼」呢！

而這男鬼也有浪漫的一面，他一到晚間，便「著一身法蘭絨固坐在小溪岸／因為是鬼他不想做什麼／也不要碰到誰」，一個憂怨的，因為知道自己是鬼，而患了嚴重「自閉症」的鬼，多麼令人心疼。

第三段，敘述者的介入「插播」，彷彿在說服讀者相信「此事並非虛構，此鬼亦是真有」：

兩個異樣心思的山鬼我每晚都看見
所以我高遠的窗口有燈火而不便燃
我知道他們不會成親這是自然的規矩

為了證明敘述者沒有「夢囈」，他又說他知道「他們（那男鬼和女鬼）不會成親」的，因為「這是自然的規矩」，更增加這首詩所述之「鬼故事」的可信度。

值得注意的是，上引第二句「高遠的窗口」是不是會令人想到〈情婦〉裡那「高高的窗口」呢？「高遠」與「燈火」便又形成了一絕美的境界。燈火，本就有「溫暖」的意味，在這首〈山鬼〉裡，用以烘托「鬼戀」的淒美。

末句「一夕的恩愛不就正是那遊行的霧與不動的岩石」一出，不但將如夢似幻的詩境落實到了「現實」——自然現象（霧與岩石的存在），境界也因了詩人賦予「霧」跟「岩石」以感情而隨之提升了起來。

〈山鬼〉的風格其實正反映了鄭愁予一貫的筆調，由於題材的特殊，頗值得細細品味。

詩歌

美的競爭 不躲避的歌

美的競爭

我把那信箋揉縐了
你還給我一方微風的池塘
　所有的哀怨都化為荷香

你釀的酒浸透魂魄了
我沉沉的睡眠像一座山
　夢中也流響杏花的泉

明天還會寫信來嗎？
去年的酒還有多少未啟封？
　一切都在猜疑中

你收攏的鳥鳴是袖中的鐘聲
我採集的蝶飛是繞肩的彩虹
　好一番美的競爭

不躲避的歌

讓我陪你去玩吧　那山邊的小學校　你說
頭一天做老師是心慌慌的

朝陽按時候爬起
當走過無盡無盡的田埂
驚飛無數無數的鷺鷥
一排什麼樹正開著香花

你還是這麼年輕的姑娘
孩子們會聽你的話嗎？
你說：我不說話　我就是唱

我把禮物交給你　一隻五彩的躲避球
隨著皮球拍打的節奏唱吧
唱一支孩子們不許躲避的歌

賞析

隱藏在關懷裡的歌謠

〈美的競爭〉與〈不躲避的歌〉兩首詩收在聯合文學出版部出版的《刺繡的歌謠》一書裡，放在書的第四輯「刺繡的歌謠」中，這一輯裡有十一首詩，其中最後一首又分為十首「七絕」（即「歌謠體」），就叫「刺繡的歌謠」。

在《刺繡的歌謠》一書的「後記」中，鄭愁予曾為第四輯的寫作體例作了一段說明，先引述如下，以便於我們的欣賞：

> 歌謠體和歌謠風是不同的，前者是指直接利用歌謠的一般結構，即是五言或七言的詩行，並具整齊的韻腳，在第四和第五字之間，通常可以先嵌入語助詞或感嘆字，使歌者易於表達個別詠唱的風格。至於歌謠風的詩，其形式是由詩作者依詩的表現需要而獨創的，除了也具有韻腳，通常句子的結構較為複雜，而暗喻和意象的經營也與現代詩一般手法無異……

《刺繡的歌謠》書中所輯錄的詩篇都沒有署上寫作年代日期，但，按愁予的說法，是「未發表過的舊作」（見〈後記〉，其他三輯中倒是有「未發表過的新品」），特指第四輯「刺繡的歌謠」，雖然我們並不確知其詳細創作年代，但基本上，〈美的競爭〉與〈不躲避的歌〉仍可見出濃濃的「愁予風」，恰巧，有前面引述的一段說明，我們當可窺知愁予詩（特別是早期的篇什）與「歌謠」之間的血脈。

有趣的是，若我們回顧前段他談歌謠體和歌謠風的文字，會發現鄭愁予對「歌謠風」的定義，似乎就是一般我們見到的「現代詩」；較不同的是「也具有韻腳」，再拿來考察這兩首詩，又發現只有〈美的競爭〉具備了鄭愁予觀念中的「歌謠風」。

〈美的競爭〉的韻腳，分別有三組，押注音中「ㄤ」的「塘」、「香」（第一段），押「ㄢ」韻的「山」和「泉」（次段）及押「ㄥ」韻的「封」、「中」、「聲」、「紅」（三、四段），單就這首詩便可看出鄭愁予使用中國文字的功力了。

〈美的競爭〉基本上可算是一首情詩，承襲了愁予情詩的風格，但令人費猜疑的是，詩中並沒有清楚勾出「我」與「你」的感情深度，是濃情蜜意呢，還是剛分手的情侶？當然，看成一對仳離的夫婦也可以。不過，就整首詩的語言結構來看，我們倒是可以獲得一些信息，特別是在第二段：

你釀的酒浸透魂魄了
我沉沉的睡眠像一座山

首先是「釀酒」的意象，我們也可以在〈北峰上〉的詩句中找到——而那新釀的露酒是涼死人的（末句）。

其次是「流響」的字詞，我們在洪範版《鄭愁予詩集I》的〈小小的島〉一首中也可找到類似的用法——「小鳥跳響在枝上，如琴鍵的起落」（首段末句）。這些零碎的印象也許可以說明〈美的競爭〉大概是鄭愁予離台前的作品，時間約與寫「南湖大山」那一輯詩同時，甚至更早，仍然以營造「意境」見其用心。

像「酒」與「沉沉的睡眠」共同串織成一如夢似幻的「境界」，搭配首段「微風的池塘」與「化為荷香的哀怨」，使得第三段連著的兩句問話：「明天還會寫信來嗎？／去年的酒還有多少未啟封？」讓讀者感覺是「酒話」，也就因了「酒話」，才又造成了詩意的撲朔迷離，我們不曉得詩裡的第一人稱是借酒澆愁，抑或是高興得「發酒瘋」。

末段，形成「競爭」的籌碼是「你」的「鳥鳴——鐘聲」與「我」的「蝶飛——彩虹」，但為什麼要做這樣的「競爭」？是「你」絕情地「收攏」了鳥鳴嗎？詩人並沒有說得很清楚，致使這首詩特具了多義性，彷彿李商隱〈錦瑟〉的「此情可待成追憶，只是當時已悃然」所引起是悼亡、是自憐，還是傷離別的種種爭議一樣。

〈不躲避的歌〉，或許是因了我們在這首詩裡找不到愁予自謂的「腳韻」，反而發現了其另一特色：標點、斷句與節奏的安排。

〈不躲避的歌〉的內容與情節都很簡單，愁予藉第一人稱「我」的口吻，側面描述了一位新老師甫上任的心情，由於「你還是這麼年輕的姑娘」，「我」的關愛更加殷切，尤其擔心「孩子們會聽你的話嗎」。

所以，一開頭，第一人稱便彷彿堅持著，「讓我陪你去吧　那山邊的小學校」，第二句的「頭一天做老師是心慌慌的」顯然是承接著第一句最後的「你說」而來，不過，愁予在短句與短句之間省去了標點，便又增加了另一種讀法，即把第二句看成單純的敘述，而「讓我陪你去玩吧　那山邊的小學校」則是即將上任的「你」說的，因為「你」為了要掩飾那緊張的心情……可以看出愁予不加標點的用心。

不論是哪一種讀法，第二段的「寫景」恰都成了「緊張心情」的輔助，實在並不完全是在「寫景」，特別是這三句：

當走過無盡無盡的田埂

驚飛無數無數的鷺鷥
一排什麼樹正開著香花

田埂的「無盡」（當然並非事實），鷺鷥的「無數」，正暗合了「我」與「你」的心情，「我」的關愛與「你」的緊張都被輕巧地烘托出來了，而「一排什麼樹正開著香花」，更令人莞爾，瞧！緊張得連「什麼樹」都不知道了！

這是鄭愁予高明的地方，如果忽視了人物心理的投射，愁予大可把詩中的「什麼樹」換成「七里香」，換成「梔子樹」之類，但如此一來，緊張的情緒不見了，效果也就會打折扣。

第三段「我不說話　我就是唱」，看似敷衍「我」的疑問：「孩子們會聽你的話嗎？」實則也是那位新老師心理上的自然反應。

末段，第一人稱似乎也同意交「一隻五彩的躲避球」給「你」，要「你」唱「一支孩子們不許躲避的歌」；唯有歌聲是老師與小學生最好的溝通方式。

這首詩意義本來相當平淺，但鄭愁予刻意略去了標點的分段分句法，使得這首詩解讀（尤其是朗誦）起來更加自由了。除了方才提到的第一段之外，第二段「你說」的話，也可適當加上語助詞，例如可以這樣唸：「我不說話啊！我就是唱嘛！」或「我不說話，我就是唱啊」……

細心探究愁予的詩，多半可以發現類似有趣的現象，不過，提到「朗誦」，又是另一個專門的話題了。

詩歌

「中台灣小品系列」（四首）

夜宿谷關一未落成的寺內——中台灣小品之一

夜宿於此　自己覺得就是
經秋猶未落成的
山寺　胸懷清清寂寂
尚無鐘鼓安置
木木四肢　如未之彩繪的
梁栱　乃步出寺門
權充一頭石獅
就地蹲著

我祈望此生永不落成
鐘磬未脫嗔愛
香火總是痴愚

雖云我佛在心
卻羞於開光
觀照世人

上佛山遇雨——中台灣小品之二

雨方才落下
山徑上即斗笠如流
說是三里一庵　七里一寺
路人稽首問詢
——盡是茹素者

相思林逐漸稀落
說是鐘聲整天回響
谷中容不下風呼雷鳴
即在清晨連鳥叫
亦容下不得
——呆鳥兒只是排排站著

於是針葉峰代替相思崗
伸頭入雲房
說是探看
作雨的地方

北迴歸線——南台灣小品之一

你信上說：「我自南來以情立人，
　　　　　你自北下以詩立命。」
我眉批曰：「酒是仲介者。」
我蘸酒畫一道北迴歸線
不覺落筆太重　驚起了窗鳥
一路唱著曲子飛逝：
「好山好水是一切的詮釋。」

寂寞的人坐著看花——東台灣小品之一

山巔之月
矜持坐姿

擁懷天地的人
有簡單的寂寞

而今夜又是
花月滿眼
從太魯閣的風檐
展角看去
　雪花合歡在稜線
花蓮立霧於溪口

谷圈雲壞如初耕的園圃
坐看峰巒盡是花
則整列的中央山脈
是粗枝大葉的

賞析

寂寞的人寫動人的詩

這四首詩選自鄭愁予在洪範書店出版的第四部詩集《寂寞的人坐著看花》中的第六輯，那一輯的輯名也叫「寂寞的人坐著看花」，從書名到輯名的統一，可見出這一首〈寂寞的人坐著看花〉乃至這一系列（中台灣、南台灣與東台灣）小品，對愁予這部詩集出版的意義與重要性。

在〈後記〉裡，愁予其實已做了自我解說：「這本詩集是以『寂寞的人坐著看花』一輯詩為書名，雖有些山水意味，毋庸說是宣示『山水』又將到我的詩中做客，且將是儒道二家的客人，亦將是對抗那『漠視山水者和瀆染山水者』的俠客。」

山水詩，一直是鄭愁予詩歌藝術裡很重要的主題，廣義地說，即使在《燕人行》和《雪的可能》裡，也有不少山水詩，只不過，那是屬於「異國的」山水，愁予所說山水「又」將到他的詩中做客，無異暗示著他心中所獨鍾的山水，是大中華（包含台灣），而非西方的。這在〈後記〉裡說得非常清楚，「漢文化從詩經開始，即以山水或是以自然界生物與人生（或人文思維）形式象徵的對比，而西方學者對此種自然與人之間的持衡力不甚了了，亦無由給予肯定，若干中國搞理論的人學了西學皮相，亦不辨山水在中國文學中的妙義，加之，普羅式的政治要求已將一般人誤導，讓『大海讓路，高山低頭』，一味藉征服自然來符合唯物史觀的情意結，既悖了傳統文化義理，也不近西方保護環境的文明趨勢，卻與營利行為相契合了，這些年來可以說是山水文學的絕版期。」

他想藉詩，重新尋回中國本位的用意相當明顯。

早年鄭愁予就是登山專家，對詩中「谷關」、「佛山」（這佛山不是廣東的佛山，指的是高雄縣阿蓮鄉的大崗山，遍佈全山的寺宇，多達十幾座）、「北回歸線」、「太魯閣」和「花蓮」等地理位置是已熟悉的，離開數十年，再回來面對同樣的山水，也許景色已略有改變，但他的心情呢？是否也會隨著時移勢轉而有所起伏？

盡管鄭愁予對山水情有獨鍾，但從這一輯詩中，讀者可以清楚感受到，愁予面對這些山水的心情是與寫「五嶽記」的少年愁予大不相同了，在〈寂寞的人坐著看花〉裡他說：「擁懷天地的人／有簡單的寂寞」，而他在〈後記〉裡的解釋則是：「當人類洞曉其在生存中鬥爭的境況，簡單的寂寞不就是死亡的領悟？」

對大自然的觀照，寫這組詩的愁予竟然是獲致「對死亡的領悟」，無論這算不算不可思議，可以肯定的是，它絕對不同於少年愁予的「觀自然」的心境。也許我們還記得他寫「南湖大山」輯系列的幾行名句：「輕……輕地划著我們的十槳，／我怕夜已被擾了，／微飆般地貼上我們底前胸如一蝸亂髮。」（〈十槳之舟〉）、「風吹動／一枝枝的野百合便走上軟軟的虹橋／便跟著我，閃著她們好看的腰」（〈北峰上〉）、「慢慢步遠……湖上的星群。」（〈牧羊星〉）、「夜靜，山谷便合攏了／不聞婦女的鼓聲，因獵人已賦歸」（〈秋祭〉）、「你知我是少年的仙人／泛情而愛獨居」（〈南湖居〉）……

但〈夜宿谷關一未落成的寺內〉，他無法再以「觀者」的身份去描繪這座「未落成的寺」的骨架、環境，當然就甭提什麼「童話的語言」了。這回，他隱隱化身成這座寺，「夜宿於此　自己覺得就是／經秋猶未落成的／山寺　胸懷清清寂寂」。

按理說，既是未落成的山寺，總有落成的那麼一天，總有一天它也要「見人」，總有一天也要接受善男信女的膜拜與朝聖嘛，那麼，現在的「清清寂寂」又算得什麼呢？但愁予的結尾就不這麼想，他想的卻是：

我祈望此生永不落成
鐘罄未脫嗔愛
香火總是痴愚
雖云我佛在心
卻羞於開光
觀照世人

難道這就是詩人的「悟道」麼？在〈北回歸線〉中，我們又可隱約感覺到，在經歷了「看山是山看水是水──看山不是山看水不是水」的兩種人生境界後，愁予又回到了「看山是山看水是水」的大徹大悟的「妙」境，所以，他才會吟哦著：「我蘸酒畫一道北迴歸線／不覺落筆太重　驚起了窗鳥」，這被驚起的窗鳥，似乎在離去時，不忘提醒詩人，請他勿拘泥於友朋的好意：「我自南來以情立人，／你自北下以詩立命。」還「一路唱著曲子飛逝」：

「好山好水是一切的詮釋。」

山水本身詮釋什麼，也不詮釋什麼。「山水有其抽象性，其與人性中的真實面，恰是正反之合，形成涵泳天機的象徵體，然而也是『正反』的矛盾，山水本身即是時間與空間的消長，使人產生愛與懼以及無可奈何的悵惘……」（見《寂寞的人坐著看花》‧後記）這些鐵定不會是自許為「泛情而愛獨居」的「少年仙人」能夠懷持的感悟。

在愁予以一個中年後期的心境去面對「好山好水」之風光的同時，我想從這裡帶出一個話題——旅遊詩。

無疑地，這一輯「寂寞的人坐著看花」是「山水詩」的典型，但它們也包容在「旅遊詩」的大範圍裡。

這幾年由於政策的開放，台灣人有相當多的機會去見識異地的山川風景，開放大陸探親與觀光後，連小時候只能從地理課本的介紹才能在心中織構的大陸土地，竟然也能輕易的踏上去，「文化尋根」的心，就不是政治的分離所能遮掩的了。

無論是異國的風情，還是中國的山川，對詩人而言，在目擊的剎那，必然都會造成獨特的衝擊，說它「獨特」，是因它與自身的生活環境習慣乃至民情風俗都截然不同，這種不同，想當然會在詩人的情感中掀起另一番波濤。

旅遊詩，也會有政治的感觸、也會有時間的感悟、也會有空間的體會……不同於一般政治詩、感懷詩或情詩的是，因旅遊詩所生的感觸乃是建立在旅遊地與自我習慣或經驗的落差而來。

從中國歷史上找例子並不難，張繼的〈楓橋夜泊〉即是，「月落烏啼霜滿天，江楓漁火對愁眠」，這是一般的客旅悲情，可是下兩句「姑蘇城外寒山寺，夜半鐘聲到客船」，夜半敲響的寒山鐘聲，對詩人而言，即是不同經驗的呈現（少有寺廟會在半夜敲鐘），它在感懷

（或感傷）的同時，也提供給讀者不同的經驗與文化視野。所謂「讀萬卷書（詩），行萬里路」差堪如是吧！

自由詩（現代詩）就更不用說了，如向明寫〈迦百農的斷柱〉：「這些頭角崢嶸的斷柱／是一些挺身而出的證人／／一個加利利的故事／在遠古／在風中／由他們，無言的傳誦／／說：一個人子在遠方殉難／一個救贖者在這裡復生」，雖然是中文，但通篇呈現的「異國」情調是很濃烈的。

旅遊詩，唯一較麻煩的是，它絕大部分時候，需要靠「後記」或「註」之類的文字來做補充以增強其感動力和說服力，如〈迦百農的斷柱〉這首就有「註」：「迦百農為以色列加利利海西北岸古城，為耶穌童年的第二故鄉，和主要傳教地點。考古發崛的遺址中，發現是一駐軍城鎮，有好幾處二、三世紀時的猶太會堂。」（見《隨身的糾纏》，爾雅版）

此外，在自由詩人群中，洛夫和張默也是旅遊詩的寫作好手，只不過，他們的旅遊地多半在中國大陸；羅門的名詩〈麥堅利堡〉，嚴格說，也是典型的旅遊詩。

回到鄭愁予〈寂寞的人坐著看花〉來。同樣是旅遊詩，但這裡，愁予是以一個離家（台灣）的遊子再回來的「旅遊所見」，所以，他不需要為詩加「註」了，他所描寫的，都是我們耳熟能詳的，只要在腦海中稍做「整理」便能很快進入詩境，我們真不能不佩服愁予，出去多年，儘管詩風一變再變，但一回到大自然，他的造境功夫依舊不老，在自由詩人中仍屬一流：

從太魯閣的風檐
展角看去
　雪花合歡在稜線
　花蓮立霧於溪口

谷圈雲壤如初耕的園圃
坐看峰巒盡是花
則整列的中央山脈
是粗枝大葉的

把「合歡山」和「立霧溪」（在花蓮出太平洋）之名，轉化為動詞，生動的意象，令讀者神往。而看盡了台灣的大山，在愁予眼裡，中央山脈也許就真的一如衛星上所拍攝到的台灣影像那樣，是「粗枝大葉」的了；而相對於「雪花」與「花蓮」的精致，中央山脈卻反而因它的「粗枝大葉」而顯得憨厚可愛了。

愁予的造境功夫在〈上佛山遇雨〉中也是一絕：

雨方才落下
山徑上即斗笠如流

手法頗似洛夫的〈金龍禪寺〉：「晚鐘／是遊客下山的小路／羊齒植物／沿著白色的石階／一路嚼了下去」，但又呈現不同的趣味與形象。洛夫這首，一般讀者比較難在腦海中重組意象（或因「羊齒植物」的難解），但鄭愁予這兩句沒有難懂的詞彙，讀者很容易在腦海中重構「人人帶著斗笠冒著大雨沿路趕下山去」的迷濛畫境，而且這景象復因「如流」的出現，成為了動態的畫面。

最終連「針葉峰」都像個頑皮小孩似的：「伸頭入雲房／說是探看／作雨的地方」。

愁予自許「山水」將又回他的詩中，更令讀者欣喜的一點是，愁予還隱隱然帶回了不少充滿天真與活潑的意象，雖然他表達的情懷已不同於早年。

鄭愁予，畢竟還是屬於中國的！

母親──漱石文學世界重現現代／172

詩歌 | 愛荷華葬禮

空宅

暴風雨踢踺而過　僅是昨夜
這美國心臟尚不及接納
今晨曝目驚魂的陽光
藍空覆蓋　浮雲有一種
難以捉摸的春意　陳雪在山崰
留連　而永存劍俠靈氣的
石霧森林
迷蒙處走出鹿群　像往常一樣
在午後覓食

北杜甫克街一一〇四號
信箱剛被郵差開啟

而這山莊的主人出門去了
鹿群在后院等著
蜿蜒的山道　寂靜
宅子空曠　初晴的下午
山莊的女主人和孩子們
亦不在家　風鈴兀自地說
他們是送人遠行去了

靈堂

紅木銅飾的旅行車　被覆著數層
心形如燭火的玫瑰　一些蘭花
潔白　是燃燭後猶在微顫的素手
有更多諸色的花團擁簇
正像多姿彩的「美國孩子」
圍坐　在說故事的老師身邊
啊　正像我們……

音樂舒緩
肖像欲言還止
是讀了一節詩後微微的停頓
眼神依然童摯　正像

剛送過早報
牽著馬在湍流中佇立
雪松沿著起伏的田疇
遮住通向遠方的大道

正像這維多利亞式的靈堂
用典制隔開歸真的世界
而忽然四壁開敞
那遠行車啟輪的樂音
我們聽見……

葬地

抬著柩　我是在抬著沉重的
愛荷華嗎　腳步蹇跛如同邁越
一重一重的山脈　這幾十步
好艱難　有我一生那麼苦遠
從此刻起
我將矜持這承當萬鈞的腰脊
我將驕傲我的雙手
啊　愛荷華
你是我親手埋下的

埋下千萬畝田疇聚成的一粒種子
其實是埋在我們的心田中

是的「A place to grow」
愛荷華將無盡的生長
在我們筆耕的時候
在我們飲酒澆乾旱的
時候　啊　生長
在與孩子們說詩說愛的時候……

您生就天使的名字
讓我別無選擇而簡單地稱呼您
聖・保羅・安格爾
春天就這樣立一面碑
在我的心田上　啊　您就是愛荷華
是我親手埋下的

賞析

在頌聲裡傳遞的文學智慧

悼詩（或悼文）在中國文學史上，具有深厚的傳統，由於對送往迎來的重視，並且天性對死者（無論其生前樂善好施或為非作歹）的尊敬，使得中國人在潛意識中對「死亡」存在著難以言傳的敬畏，表現在詩文間，也是在悲哀與追念裡仍維持著禮節上應有的謹慎。

然而，悼念的文字畢竟不同於祭文，後者形式上擺出了死者一生的年表，短短數十行，記錄了這個人曾經做過什麼，也許最末還來個蓋棺論定（通常是褒多於貶，絕大部分只是褒而不貶），死者在文字中間所呈現的形象，是毫無生氣的。

但悼念文字可以抓住死者生前的某一時段加以鋪灑成篇，而這一時段對作者而言，也可能深具意義，或用以感懷（傷逝），或用以彰顯生者與死者之間的情誼，或用以凸出死者的成就……由於針對特定時段鋪寫，其生動性自然比一生的「目錄」來得精彩。

把話題拉回到現代自由詩，例子更不勝枚舉。

如當年覃子豪先生的過世，就有不少人寫了悼詩，像瘂弦〈焚寄T・H〉：「當你的嘴為未知張著／你的詩／在每一種的贊美下／拋開你獨自生活著／而你的手／為以後的他們的歲月深深顫慄了」，這末幾句就把覃子豪在自由詩上的成就給道盡了。（見《瘂弦詩集》，洪範版）

將近三十年後，張默也寫了〈在一聲比絲還纖細的喊聲下〉用來「紀念覃子豪」：「纖纖如玉女子，忍不住在病榻旁笑著哄他，且／細細傾訴『瓶之存在』偉大的明日，她／的綿密的情意，把小小的『畫廊』輕輕打開又關上，且／喊，且尖叫，且奔跑，在一陣／聲聲驚悸而又平靜的祝禱／下，他是格老子擺擺手，再也不回來了」（見《落葉滿階》，九歌版）更把覃氏的名作〈瓶之存在〉、〈畫廊〉與籍貫四川（「格老子」是四川方言中罵人的話）給點了出來。

楊牧的〈輓歌〉雖未點出受贈的死者名姓，但一開始「不忍在黃昏的窗前流淚／因為這窗前的黃昏／恐怕並不真正適合你／（你埋葬在蒼苔默默的／星光下）而且我，我猶豫／如失去方向的河流／猶豫成一片沼澤」（見《楊牧詩集》，洪範版），也點出了作者對死者的深愛。

在進入鄭愁予「愛荷華葬禮」這一組三首詩之前，有必要先對愁予描寫的對象——保羅・安格爾（Paul Engle）重要的生平做一簡單的介紹。

安格爾是美國詩人，他與妻子——華裔小說家聶華苓於一九六七年在愛荷華州立大學成立了「國際作家工作室」，致力於世界文化交流。二十多年間，邀請了數百位作家（來自近百個國家）到愛荷華進行交流訪問。鑒於安格爾與聶華苓的貢獻，一九七六年，南斯拉夫作家阿哈密德・伊瑪莫利克為首的二十六位作家（代表二十四個國家）倡議推舉他們夫婦為諾貝爾和平獎候選人並很快得到了兩百七十位各國作家的簽名響應。

一九七七年安格爾退休，聶華苓則接手繼續主持「國際作家工作室」的工作。保羅・安格爾於一九九一年三月二十二日病逝於芝加哥，享年八十二歲。他過世後，台灣的「愛荷華國際作家工作室台灣作家聯誼會」成員高信疆、姚一葦、柏楊、陳映真、瘂弦、尉天驄等人還曾以徵文方式為安格爾出版紀念文集（《文訊》總號第六十七期，一九九一年五月出刊）。

這個「工作室」栽培的台灣詩人，除了上述的瘂弦之外，尚有鄭愁予、楊牧、葉維廉、商禽、管管、向陽等人。凡曾受業於這「工作室」的，莫不對安格爾夫婦深懷感恩之情。鄭愁予在「年表」[1]中記載了「一九九一年，三月二十二日，保羅・安格爾逝世，聞耗後即日赴愛荷華奔喪，在靈堂嚎啕大哭，不能自遏」這一段話。這種痛如失怙的心情，相信不僅僅是愁予才有。

「『哀哭』之不足，不如手之舞之，足之蹈之」[2]，然後寫詩悼之，自然也是人情之常了。

1 在廣西教育出版社版本附有「年表」，在台灣版中則略去。

2 典出《詩經》：「詠歌之不足，不如手之舞之，足之蹈之」，但為便於描述詩人創作的心路歷程，權將「詠歌」改為「哀哭」。

鄭愁予藉「愛荷華葬禮」表達他對安格爾的哀悼之情，言語之間的情緒波動看似不大，但平靜中彷彿讓讀者聆聽了一首悠長的安魂曲，這場「葬禮」在愁予熟練的文字排演下，並不讓人（讀者）感到對死的恐懼，也沒有台灣民間出殯儀式中誇大的鑼鼓喧天場面。

愁予從〈空宅〉入手，先寫「主人遠行」的屋邸，與後院裡豢養的那些不懂人世歡愁的鹿群，宅室的空，對照鹿群依然如往常的覓食，更凸顯詩人的悲悵：

信箱剛被郵差開啟
而這山莊的主人出門去了
鹿群在后院等著
蜿蜒的山道　寂靜
宅子空曠　初晴的下午
山莊的女主人和孩子們
亦不在家　風鈴兀自地說
他們是送人遠行去了

將「送行」、「送別」與「葬禮」的意義結合起來，不願意把氣氛弄得太傷感，是人同此心，心同此理的。對詩人而言，藉平淡中見真情、無為有處有還無等「四兩撥千斤」的手法，也正是詩人功力的一絕，這讓人想起一首唐詩：「松下問童子／言詩採藥去／只在此山中／雲深不知處」（賈島〈尋隱者不遇〉），愁予在〈空宅〉裡的手法（或造境）頗類似，只不過，我感覺，愁予在這一首〈空宅〉裡，是在壓抑自己的哀慟情緒。

引述的一段是〈空宅〉一詩的末尾，而開頭他的寫法是「暴風雨踢躂而過　僅是昨夜／這美國心臟尚不及接納／今晨曝目驚魂的陽光……」陽光之曝目驚魂，自必有大事發生。行文至末段，竟然像無事一般，可見得愁予「壓抑」得非常妥貼。畢竟，詩不是祭文，不需要表達得「呼天搶地」才算是哀傷，詩是語言的濃縮，也應該是情感的濃縮。

第二首〈靈堂〉，把眾人（賓客）圍聚著一尊銅棺致哀的景象，描寫成像一群孩子圍繞在老師的身邊，少了一些肅穆的意象，卻多了份安格爾夫婦多年致力於國際作家交流的深刻意義，而死者（安格爾）在作者（詩人）乃至許多曾受業於「國際作家工作室」的國際作家內心裡崇高的形象於焉確立，他不需要藉空洞的銅像（如許多政治人物），即可充分彰揚其人格與節操。

這首〈靈堂〉的過程，如果以現實景象觀之，其實就像一般的公祭儀式，在「音樂舒緩

／肖像欲言還止」中進行。

當典禮結束：

而忽然四壁開敞
那遠行車啟輪的樂音
我們聽見……

跟著，詩意隨安格爾的靈柩走向了〈葬地〉。

我們注意到鄭愁予將保羅・安格爾與愛荷華（是愛荷華州立大學『國際作家工作室』，更是大地的象徵，而大地又是母者意義的根源……）等同了起來，大地（用以滋生萬物）、母者（用以哺育新生的一代）的形象蔓延在字裡行間。從小處看，它呈示了詩人對安格爾的感恩之情至深；往大處看，安格爾（夫婦）在世界文化的交流工作上所作的貢獻也就不言而喻了。

明瞭這一層次，再回想前面我們對保羅・安格爾生平重要事蹟的簡介，當我們的視線移向第二段時，便可同時讀出其深遠的意義：

埋下千萬畝田疇聚成的一粒種子
其實是埋在我們的心田中
是的「A place to grow」
愛荷華將無盡的生長
在我們筆耕的時候
在我們飲酒澆乾旱的
時候　啊　生長
在與孩子們說詩說愛的時候……

因為文學，遂有「母者」的保羅‧安格爾，因為安格爾，自許為「提供成長的好場所」（按，這是我對這一小段英文的意譯）的愛荷華才得以發揚。

末了，「春天就這樣立一面碑／在我的心田上　啊　您就是愛荷華／是我親手埋下的」，呼應著開首兩行：「抬著柩　我是在抬著沉重的／愛荷華嗎……」。

埋下愛荷華，無異又為世人（「國際作家工作室」的每個文學作家）栽種了一大片沃土，為世界（廣義的）和平提供了滋養的良好空間和環境。

如果，所謂「和平使者」的工作，並不一定是要親自跑一趟災區，不一定要皈依佛門或去當神父，又或者，不一定要花一大筆錢去賑濟受難的人們；那麼，窮一生之力為世人心靈的一小塊乾淨空間栽植下文學的種子，安格爾先生絕對當得起「和平使者」這一榮銜的。愁予的悼詩，正在含蓄地描繪出聖者的畫像。

在「愛荷華葬禮」迴環跌宕的詩意中，我們認識的，將不僅是一個詩人的形象，更是和平的禮贊與屬於文學智慧的薪傳……

語言文學類　PG2089　文學視界99

傳奇
——鄭愁予經典詩歌賞析

作　　者／徐望雲
責任編輯／徐佑驊
圖文排版／林宛榆
封面設計／蔡瑋筠

發 行 人／宋政坤
法律顧問／毛國樑　律師
出版發行／秀威資訊科技股份有限公司
114台北市內湖區瑞光路76巷65號1樓
電話：+886-2-2796-3638　傳真：+886-2-2796-1377
http://www.showwe.com.tw
劃撥帳號／19563868　戶名：秀威資訊科技股份有限公司
讀者服務信箱：service@showwe.com.tw
展售門市／國家書店（松江門市）
104台北市中山區松江路209號1樓
電話：+886-2-2518-0207　傳真：+886-2-2518-0778
網路訂購／秀威網路書店：https://store.showwe.tw
國家網路書店：https://www.govbooks.com.tw

2019年9月　BOD一版
定價：260元

國家圖書館出版品預行編目

傳奇 : 鄭愁予經典詩歌賞析 / 徐望雲著. --
一版. -- 臺北市 : 秀威資訊科技, 2019.09
面； 公分. -- (語言文學類 ; PG2089)
(文學視界 ; 99)
BOD版
ISBN 978-986-326-697-6(平裝)

863.51 108008895

讀者回函卡

感謝您購買本書，為提升服務品質，請填妥以下資料，將讀者回函卡直接寄回或傳真本公司，收到您的寶貴意見後，我們會收藏記錄及檢討，謝謝！

如您需要了解本公司最新出版書目、購書優惠或企劃活動，歡迎您上網查詢或下載相關資料：http:// www.showwe.com.tw

您購買的書名：______________________________

出生日期：________年________月________日

學歷：□高中（含）以下　□大專　□研究所（含）以上

職業：□製造業　□金融業　□資訊業　□軍警　□傳播業　□自由業

　　　□服務業　□公務員　□教職　□學生　□家管　□其它____

購書地點：□網路書店　□實體書店　□書展　□郵購　□贈閱　□其他

您從何得知本書的消息？

□網路書店　□實體書店　□網路搜尋　□電子報　□書訊　□雜誌

□傳播媒體　□親友推薦　□網站推薦　□部落格　□其他________

您對本書的評價：（請填代號　1.非常滿意　2.滿意　3.尚可　4.再改進）

封面設計____　版面編排____　內容____　文／譯筆____　價格____

讀完書後您覺得：

□很有收穫　□有收穫　□收穫不多　□沒收穫

對我們的建議：______________________________

請貼
郵票

11466
台北市内湖區瑞光路 76 巷 65 號 1 樓
秀威資訊科技股份有限公司 收
BOD 數位出版事業部

……………………………………………………………………

（請沿線對折寄回，謝謝！）

姓　　名：＿＿＿＿＿＿＿＿　年齡：＿＿＿＿　性別：□女　□男

郵遞區號：□□□□□

地　　址：＿＿＿＿＿＿＿＿＿＿＿＿＿＿＿＿

聯絡電話：(日)＿＿＿＿＿＿＿＿　(夜)＿＿＿＿＿＿＿＿

E-mail：＿＿＿＿＿＿＿＿＿＿＿＿＿＿＿＿